Nuvem de Pó

Priscila Ferraz

NUVEM DE PÓ

1ª Edição
POD

Petrópolis
KBR
2011

Edição e revisão **KBR**

Editoração **APED**

Foto da capa **(arquivo Google): Casamento na roça - cerâmica, Sil, 2007**

Copyright © 2011 *Priscila Ferraz*

Todos os direitos reservados a autora

ISBN: 978-85-64046-66-5

KBR Editora Digital Ltda.

www.kbrdigital.com.br

atendimento@kbrdigital.com.br

24 2222.3491

B869 – Literatura Brasileira

 **Priscila Ferraz** nasceu em 1950, poucos dias antes do fatídico jogo em que o Brasil perdeu na última hora para o Uruguai. Entre outras afinidades, compartilha com Guimarães Rosa o dia do aniversário. Estudou Economia na USP meio sem esforço nem vontade, queria mesmo casar e constituir família. Teve uma confecção e um bem-sucedido negócio de aluguel de roupas para adolescentes. Dedicou-se ao tênis, tornando-se primeira classe após os 50 anos. Comprou uma fazenda em Minas Gerais e, encantada com o cerrado, decidiu finalmente terminar o projeto de livro que havia começado há muitos anos. *Nuvem de pó* é seu primeiro romance.

Email da autora: priscilatenista@hotmail.com

AGRADECIMENTO

A Hosana, Lurdes, Juvenor e Lusinete, que me ensinaram muito sobre usos e costumes, fauna e flora do cerrado.

A Arnaldo, Simone, Daniel e Vanessa,
atores principais no espetáculo da vida onde sou coadjuvante

Sumário

Capítulo I

Histórias do interior

A Coca-Cola estava bem gelada, cheia de gás, ela tomou meia lata sem parar. Foi fatal. Seus olhos se encheram de lágrimas, engasgou, tossiu, ficou vermelha. Cláudia explodiu numa gargalhada: tinha acabado de seguir as instruções de Mauro para tomar um refrigerante com o máximo prazer. Toda vez que ele aparecia era uma festa. Estava sempre animado. Seu sorriso era largo, intenso e cheio de dentes, era uma figura interessante, o Mauro. Pequeno, agitado, parecia não poder ficar contido dentro do próprio corpo. Carregava uma energia contagiante, que botava todo mundo em movimento. Tinha sofrido há muitos anos um acidente que lhe rendera, depois de muita dor e tratamento, um braço que perdera parcialmente o movimento, a força e o tamanho: era um pouco mais curto que o outro. Suas mãos eram pequenas. Os dedos fortes, com as pontas quadradas, estavam sempre à vista, espalmados sobre a mesa. Na cidade, costumava se vestir como executivo: calça cinza e blazer marinho. No interior, embora os trajes mudassem, os sapatos pequenos ainda carregavam os ares da cidade; eram daquele tipo mocassim com bolinhas de borracha na sola; ele mudava também o sotaque e a maneira de falar, como Cláudia pôde constatar mais tarde.

Os meninos gostavam dele, bem ao contrário da maioria dos amigos de seus pais, que do alto de sua adolescência eles consideravam uns "babacas".

Gostava de contar casos sobre a fazenda no Mato Grosso, onde havia vivido com os filhos pequenos e a mulher ainda nova. Tinham nascido e morado na cidade a vida toda; e de repente, num lugar longe de tudo — e pasmem, sem luz elétrica — tocavam sua fazenda de gado.

Para Cláudia, nascida e criada em São Paulo, isso parecia o fim do mundo. Não conseguia compreender como era possível. Tolinha, não sabia ainda que caminhos o destino lhe havia reservado.

Ele agora estava separado e criava o casal de filhos na cidade. Tinha perdido a fazenda em tratamentos médicos, para o braço que finalmente conseguiu salvar, mas arranjara um jeito de continuar cuidando dos negócios de gado em terras de Minas Gerais, para uma grande construtora de São Paulo.

Trabalhava como capataz e a cada quinze dias ia para a tal fazenda. Suas histórias eram sempre interessantes, todos se extasiavam ao ouvi-lo falar sobre os bichos, lendas, a gente de lá e até sobre discos voadores, coisas que só aconteciam por aquelas paragens.

Artigos em jornais e revistas contavam que nas chapadas do Planalto Central, vez por outra, alguém dizia ter avistado luzes estranhas nos céus por demais estrelados daquela região. Como habita esse planalto uma gente por vezes não muito confiável, sempre havia dúvida sobre a veracidade desses fatos, muito embora Fernando, marido de Cláudia — um cético —, afirmasse ter visto mesmo em São Paulo, nos tempos em que corria atrás de balão, luzes tão velozes e estranhas que só poderiam pertencer a um OVNI.

Todos estavam curiosos a respeito do lugar e davam mostras de querer visitar as tais terras. Mas ficava tudo no campo da utopia; com a vida corrida e o trabalho intenso, nunca chegaram a pensar seriamente sobre o assunto, embora Fernando muito diplomaticamente sempre afirmasse que iriam um dia.

Numa rara ocasião em que a família toda estava reunida, num almoço do qual os três filhos do casal também participavam, Cláudia finalmente disse:

— Mauro, se você não comprar as passagens de avião para Brasília, nós nunca iremos conhecer essa bendita fazenda de que você tanto fala.

Um belo dia chegou um envelope, com duas passagens aéreas para a semana seguinte. Cláudia teve que ouvir de Fernando uma arenga interminável: ela tinha inventado moda e agora não dava para voltar atrás.

Começaram os preparativos para a tão famosa excursão. Fernando tinha uma pequena construtora e não teve problemas em deixar por uns dias o trabalho nas mãos de seu sócio. Naquela época, Cláudia também andava meio parada, tendo vendido havia pouco uma confecção.

Pediram muita informação sobre o que deveriam levar. Estavam completamente perdidos, pois nunca haviam viajado nessas condições.

— Um lugar que não tem luz elétrica, não pode ter geladeira, então onde e como guardaremos a comida?

O fogão era a lenha. Uma quase leiga em matéria de culinária e que nunca tivera pendores para a cozinha, como Cláudia iria se arranjar? Suas aptidões eram mais para o ramo de costura, tricô, crochê, bordados e cuidados com as crianças. Entretanto, Mauro lhes garantiu que não precisavam se preocupar com o assunto, pois na fazenda havia uma caseira, dona Ondina, que garantiria as refeições e tinha um tempero especial. Estavam empolgados também com a ideia da comida feita em fogão a lenha, uma novidade para eles. Além do que, as mineiras têm fama de serem ótimas cozinheiras.

Fecharam a bagagem esperando não ter esquecido nada: repelente, inseticidas, sabonetes, pasta e escovas de dente, creme hidratante, protetor solar, bronzeador, esmaltes, botas pretas e marrons com bolsas combinando, calças jeans, camisetas mil, *shorts* para corrida, *shorts* para depois do almoço, calças sociais, camisa de seda, um par de sapatos para a eventualidade de alguma ocasião especial, casaco de lã, casaco de náilon forrado, meias, sungas, biquínis, um pijama quente e outro fresco, roupas de baixo, chapéu de aba, bonés, guarda-chuvas, enfim, tudo. Finalmente chegou o dia da partida. O voo estava planejado para as onze horas. Chegariam a Brasília por volta de meiodia e meia. Logo cedo levaram as crianças para o colégio. De lá, elas iriam direto para a casa de colegas onde passariam o fim de semana. Era um alívio poder sair um pouco da rotina de filhos, trabalho e casa. Foram para o aeroporto com um misto de apreensão e ansiedade. Afinal, havia muito que não tinham um tempo só para eles. Como sempre, havia um burburinho e corre-corre no aeroporto. A cidade está sempre fervendo de negócios e o lugar estava lotado. Cláudia, em voz baixa, diz para Fernando, que está mais preocupado em conferir se não tinham esquecido as passagens:

— Acho muito interessante ficar observando as pessoas nos aeroportos, especialmente o de São Paulo. Tem sempre uma miscelânea de gente circulando por aqui.

Mulheres muito elegantes em ternos chiquérrimos, jovens casais se despedindo em meio a torrentes de lágrimas, crianças descontroladas empurrando carrinhos de bagagem e atropelando o que encontram pela frente, pessoas idosas com olhares ansiosos e meio perdidos, executivos com suas pastas olhando para o relógio a cada dois minutos, gente baixa, gente alta, cabelos lisos, crespos, cor de pele que varia por toda a gama de bege e marrom. Cláudia fica imaginando a história de cada um. Como viviam, o que estavam fazendo ali etc.

Finalmente se acomodaram no avião, e após colocar as malas de mão e casacos nos compartimentos acima dos assentos, relaxaram. Ela olhou para o marido e sorriu, com uma cumplicidade que mesmo com todos os anos de casamento nunca os abandonara. O avião levantou voo num dia muito claro de sol no mês de junho. Fazia bastante frio em São Paulo, mas as previsões eram de calor e tempo seco para os lados da Capital do país. Alheios a tudo, estavam partindo para o desconhecido, para um destino que modificaria suas vidas para sempre.

Capítulo II
Chegada a Brasília

O dia, visto lá do alto, estava magnífico. Cláudia e Fernando antecipavam a alegria de deixar o tempo chuvoso e frio de São Paulo. A capital, ainda uma cidade nova, resplandecia ao sol do meio-dia. Quando o avião pousou no aeroporto de Brasília, foi a balbúrdia de sempre. Os passageiros se levantaram antes da parada completa da aeronave e começaram a retirar suas bagagens de mão por cima dos que ainda se mantinham sentados — como a aeromoça havia orientado. Não havia no céu uma única nuvem. Logo eles tomaram conhecimento de que realmente, de abril até outubro, não chove uma gota na região do cerrado de Goiás. O ar ficava muito seco e Cláudia se lembrou aliviada dos cremes em sua frasqueira.

Estava muito quente em Brasília. Com a quantidade de roupas e casacos que vestiam, já se sentiam afogueados e pouco à vontade em meio às pessoas com roupas leves, bem mais adequadas ao clima.

Avistaram em seguida a figura risonha de Mauro, que tinha vindo buscá-los de carro, uma picape já meio destroçada pelos caminhos esburacados do interior do país. Desanimada, com sua jaqueta de lã novinha em folha, Cláudia entrou no carro que era só poeira. Ainda passariam por Formosa para uma série de compras para a fazenda.

Brasília é uma cidade cheia de contrastes, criada artificialmente para se tornar Capital. Lá ficariam os trabalhadores que a tinham construído e os políticos que viriam transferidos do Rio de Janeiro, antiga capital. A adaptação não tinha sido fácil e geralmente, já na quinta-feira, parecia uma cidade fantasma, com pouquíssimo movimento de automóveis. Em pouco mais de uma hora, já tinham percorrido quase tudo e visto os prédios futuristas, que ultrapassariam o século ainda muito modernos: o Congresso, os ministérios, o Banco Central, o Palácio da Alvorada, a Catedral, o memorial a Juscelino.

Quando passaram por um supermercado, Cláudia chegou a sugerir que fizessem compras por lá mesmo, mas foi vencida por Mauro: em Formosa o preço seria muito melhor, lá tinha de tudo e mais fresco, etc., etc.

A estrada em direção ao norte do país estava sendo duplicada, e as máquinas faziam muita poeira. Quando Fernando comentou a respeito do pó, Mauro o olhou meio de lado e abriu mais ainda o seu sorrisão.

A cidade de Formosa, em Minas Gerais, era um lugarejo já contaminado pela modernidade. Automóveis e motocicletas do ano circulavam em meio a burros, cavalos e uma profusão de bicicletas, que pareciam ser o meio de locomoção preferido do povo.

Em meio à cacofonia se destacava um ronco de motor ensurdecedor. Rapazes com chapéus de caubói faziam um alarido que provocava cochichos e mal disfarçadas risadinhas entre as mocinhas e resmungos entre os mais velhos.

— É o "Merdinha" — disse Mauro.

— Quem? — perguntou Fernando, que não gostava nem um pouco desse palavreado na frente de sua mulher.

— O Merdinha. É um arruaceiro conhecido por aqui.

Cláudia achou o apelido hilário. No caso, muito bem aplicado, o pessoal dali era realmente ótimo para dar apelidos.

O rapaz percebeu que chamava a atenção; já tendo observado que a picape era de São Paulo e que Mauro estava acompanhado de gente estranha, aproveitou para se exibir e guinchar os pneus na terra, o que levantou uma poeira de um vermelho vivo. A noção que esse pessoal tem de São Paulo e Rio é aquela que se vê na TV, ou seja, completamente distorcida; os noticiários e novelas só fazem levar uma caricatura do que realmente são essas metrópoles, ampliando ao máximo seus defeitos.

Sem dar atenção aos arroubos do caubói, que mais parecia um galinho garnisé, foram às compras: uma cesta básica, mais frutas e verduras do sacolão da Xepa. A esperança de adquirir mercadoria fresca foi por água abaixo. Tudo parecia de péssima qualidade. Amealharam o melhor que conseguiram e partiram para o açougue; foi aí que Cláudia realmente desanimou. Os pedaços de carne ficavam guardados dentro de um tipo de gaiola grande, forrada de tela, sobre a qual pairavam todos os tipos de moscas, mas Mauro garantiu que eram frescos, pois uma rês era abatida diariamente para abastecer o estoque. Disse também que poderiam, se necessário, conseguir algum frango caipira com os vizinhos.

Fernando já estava começando a sentir fome e preferiu não se arriscar a seguir diretamente para a fazenda. Sempre prevenido, comentou que talvez pudessem ter problemas durante a viagem, como um pneu furado ou um atoleiro, o que Mauro garantiu não ser possível naquela época do ano. Resolveram comer num "por quilo" baratíssimo e bem gostosinho,

Depois de pegar também alguns bujões de gás para os lampiões e remédio para o gado, seguiram viagem. O trajeto deveria durar uma hora e meia. Chegariam à fazenda, o mais tardar, às cinco horas.

Capítulo III
Viagem no tempo

A rodovia de asfalto acabou logo em seguida, na entrada de um povoado chamado Bezerra. O casal, que achava tudo muito pitoresco, se divertiu com o nome do lugarejo, que consistia em uma única rua de terra e uma meia dúzia de casebres. Continuaram por um bom trecho em direção a uma cadeia de montanhas; foi aí que começou o torvelinho de poeira. Para poder respirar, tiveram que fechar os vidros da picape.

A cabine estava apinhada com toda a bagagem, pois devido à sujeira era impossível levá-la na caçamba. O calor começou a bater forte e o dilema se instalou: pó ou calor? Optaram pelo segundo e lá seguiram, em seu tormento escaldante.

A estrada de terra não era tratada havia muito e o carro tremia em cima das "costelas de vaca", que são pequenas e constantes ondulações. Mais tarde, quando atingiram a serra, surgiram os buracos grandes e a marcha teve que ser diminuída ainda mais, embora Mauro não estivesse nem aí para os danos que a caminhonete pudesse sofrer. Fernando, muito cuidadoso com seu automóvel, não se conformava.

Depois de aproximadamente uma hora de viagem, subitamente, no meio de uma ladeira mais íngreme, Mauro estancou sem motivo aparente, esperou a poeira baixar, finalmente abriu a porta e os convidou a sair. Foram para a lateral da estrada, de onde puderam admirar a paisagem. Aquela visão foi de uma grandiosidade tal que por alguns instantes ninguém emitiu um som. Finalmente, Mauro comentou:

— Bonito, né? — Era um marqueteiro nato, sabia como impressionar.

Cláudia e Fernando, ainda calados, procuraram a mão um do outro. Precisavam compartilhar a energia que vinha do vale imenso, com todos aqueles tons de verde que só a natureza sabe combinar. Tentaram sorver o ar mais profundamente para acalmar o coração, que pulsava com um som cavo no ritmo do Universo. Nesse momento, sem saber, se entregavam a uma realidade desconhecida. Estavam voltando no tempo. Ficaram irremediavelmente cativos.

O lugar era tão selvagem que viajantes de outros séculos poderiam ter vislumbrado a mesma cena, exatamente igual à que via o trio na beira da estrada. Encontravam-se sozinhos no meio do nada, fora do tempo. O calor era tanto que dava a sensação de um peso nas costas. O sol era intenso, com uma luminosidade que os obrigava a semicerrar os olhos para poder observar toda a imensidão que se estendia diante deles. O ângulo de visão era total; seus olhos podiam se perder no horizonte distante. Há muito tempo o olhar deles não atingia uma distância tão grande.

Aos poucos, começaram a voltar à realidade. O matuto só sorria. Parecia ter um plano secreto, que via aos poucos se concretizar. Muito impressionado, o casal não parava de elogiar o lugar. Inocentes, os dois seguiram Mauro de volta ao carro e prosseguiram a viagem.

A hora seguinte foi só aponta aqui e acolá, coisas que conseguiam divisar através da poeira cerrada. Nesse ínterim, as roupas já tinham adquirido a mesma tonalidade cáqui: os três, aos poucos, estavam se mimetizando com a paisagem. Ao atingirem o topo, já conseguiam divisar a forma da serra, que se assemelhava a uma ferradura com um vale em seu côncavo.

Mauro apontou na direção da outra ponta do semicírculo e disse:

— Lá está a fazenda.

Os dois não conseguiam enxergar nada. Mais tarde também descobririam que a visão das pessoas que ali viviam enxergava coisas que eles não podiam.

Para quem a vê pela primeira vez, especialmente na estiagem, a vegetação do cerrado se apresenta muito feia. Para quem conhece a Mata Atlântica, com as árvores gigantescas e as plantas brilhantes, generosas e coloridas da Serra do Mar, a paisagem era realmente decepcionante.

Com o tempo, se aprende a amar cada planta, cada pé de pau retorcido do cerrado, pois trazem consigo a força da luta para sobreviver às intempéries do lugar. Cada flor tem um significado especial. Não se apresentam em canteiros de centenas de exemplares, como os campos de girassóis da Europa ou as marias-sem-vergonha na serra. Nascem sozinhas e se exibem conscientes de sua raridade; são admiradas em sua essência e beleza únicas.

O sol já se deitava no horizonte, manchando o azul cintilante do céu com laivos de vermelho, amarelo e laranja. Cláudia se lembrou com uma pontinha de tristeza de sua avó, que morrera havia pouco. Em sua meninice, costumava ouvir da velhinha, mineira de nascimento, que quando o céu estava assim os anjinhos estavam fazendo doce de abóbora.

Chegaram à porteira cansados da viagem. Dentro em pouco estariam tomando um banho de água cristalina da montanha, aquecida pela lenha no mesmo fogão onde eram preparados os acepipes divinos de dona Ondina. Já à noitinha, alcançaram uma casinha na beira da estrada. De dentro se ouvia a algazarra de crianças e a cachorrada que latia, num esforço de se fazer respeitar e anunciar aos donos a chegada de estranhos. Líbero, o dono da casa, assomou à porta para saudá-los.

Capítulo IV
História de Lucinda

Lucinda brincava com os irmãos menores no riozinho que passava bem ali, na beira de sua casa. Podiam escutar a mãe gritando da cozinha, chamando-os para dentro. Distraídas em sua alegria, as crianças nem tomavam conhecimento dos apelos dela.

A irmãzinha chamou a atenção de Lucinda para uma figura abaixada na outra margem, meio que escondida na ramagem, a uns dez metros de distância de onde se encontravam. Lucinda conhecia muito bem o garoto que a olhava fixamente. Vivia ali bem próximo e frequentavam a mesma escola. No passado, vez por outra, já tinham brincado nesse mesmo riacho. Entretanto, pela primeira vez, a menina sentiu-se constrangida, envergonhada mesmo. E resolveu atender o chamado da mãe mandando os pequenos saírem da água.

Seu vestido, que fora outrora de um rosa forte e que ela adorava, encontrava-se agora bem desbotado e puído, só sendo usado para brincar. Ao subir pelas pedras, ainda pingando, deu-se conta de que o tecido estava colado em seu corpinho, mostrando, em sua transparência, a calcinha de algodão. Sentiu vergonha. O curioso é que o que mais a incomodava era que o garoto podia ver a tal calçola; para o despontar dos seios debaixo da blusa ela não havia atinado ainda.

Lucinda tinha os cabelos cor de mel, mesclados pelo sol forte com luzes douradas. Sua pele era bronzeada; quando batia a luz do dia, parecia brilhar em virtude da penugem alourada, também queimada pelo sol. Destacava-se na família que era toda mulata, uma miscigenação corriqueira por aquelas bandas. Os holandeses que haviam invadido o Nordeste tinham deixado, por ocasião de sua expulsão, alguns de seus representantes interior adentro.

O vizinho fora o primeiro a notar o desenvolvimento da garota. Seu olhar cobiçoso foi uma surpresa para ele também. Muito embora, junto aos colegas, estivesse à vontade para falar bandalheiras sobre mulheres, nunca havia sentido o misto de alienação e encantamento que a visão da menina lhe proporcionou. Ela parecia um magneto, que arrastava seu olhar até dentro da casota.

Naquela noite, junto ao fogão de lenha onde a mãe cozinhava, Lucinda estava avoada. Não conseguia tirar o garoto do pensamento, não tomava tento às ordens que a mãe lhe dava. Estava atrapalhada, mas algum instinto lhe dizia que nada devia comentar com ela.

Saiu quietinha sem ser notada e foi olhar o espelho d'água que àquela hora era cor de prata, a lua mansa jogando luz sobre o riachinho. Nunca havia parado para pensar em como o murmúrio da água rolando sobre as pedras podia ser tão calmante. Ficou ali parada um instante, escutando. Estremeceu de susto por um momento e soltou um grito quando sentiu em sua perna a cauda do gato Burroso. Atrás dele vinham seus irmãos, rindo seu riso fácil pela peça que haviam pregado nela. A criança aflorou novamente e ela saiu correndo, atrás dos dois. Rolaram na relva, felizes, sem saber de brinquedos e bonecas que eram primordiais para a alegria dos meninos da cidade. Ali, qualquer pedaço de pau amarrado num fio virava um carrinho, e as bonecas eram feitas de um toquinho com uma ramagem imitando uma cabeleira.

A mãe, aos berros, chamava-os para dentro, ralhando pela sujeira.

— Vocês já banharam hoje! Agora vão para a cama assim mesmo. Passa já para dentro. Entraram sorrateiros, procurando manter uma distância segura, e foram se deitar. Em questão de minutos, a mãe já podia ouvir o ressonar dos três. Era essa a hora em que entrava no cômodo onde todos dormiam e os olhava, com aquele olhar doce de mãe olhar os filhos enquanto dormem. Podia agora descansar um pouco; ligava seu radinho de pilha e ficava esperando o marido, que não devia tardar. A vida dessas mulheres é uma luta sem trégua, sem sábado, sem domingo nem feriado. As bocas dos filhos querem comida, não respeitam nem dia santo. A roupa tem que ser lavada diariamente, pois é muito pouca e o pó ou a lama, dependendo da época do ano, são implacáveis. É lavada no córrego, batida em cima das pedras, a posição é de cócoras por muito tempo. A água para a casa é carregada em latas na cabeça. A lenha para o fogão tem que ser rachada a machado e carregada nos ombros. A casa tem que ser limpa várias vezes por dia, pois o entra e sai das crianças é constante, sem contar os eventuais gatos, cachorros e até galinhas. À noite, ainda têm que arranjar ânimo para um sorriso sem jeito para os maridos.

Naquela noite, Silvano chegou com uma conversa que começou a preocupar dona Luzia.

— Hoje encontrei o Agenor na fazenda de seu Genésio. Ele está me ajudando no serviço da cerca.

— Você fala do filho de seu Messias mais dona Gi? Mas ele dá conta do serviço? A última vez que o vi, ele era tão mirradinho...

— Que é isso mulher, está bem errado, já é um rapaz de seus 25 anos. Ficou trabalhando numa fazenda de gado em Flores de Goiás por quase sete anos.

— Credo! O tempo passa e a gente nem percebe.

— Sábado ele vem comer com a gente. Quero que ele conheça Lucinda.

— Pra que, homem?

— É um rapaz trabalhador e responsável. Quero garantir o futuro da menina. Não quero ver minha filha uma perdida neste mundo de meu Deus.

— Você está louco, ela ainda nem teve regras. É uma criança.

— Não é coisa pra já, só quero que eles se conheçam. Agora chega de prosa e vamos ver logo essa janta que estou moído. Quero dormir cedo.

Silvano não queria admitir perante sua mulher, mas já começava a sentir o peso dos anos. O trabalho pesado no cerrado envelhece cedo as pessoas. Era um mulato forte e atarracado, tinha saído ao pai. Sua mãe, uma mulher longilínea de cabelos muito claros e anelados, tinha sido bonita quando moça, mas os anos de rapadura e a falta de higiene já haviam consumido seus dentes e, por ocasião do nascimento de Silvano, só restavam uns poucos tocos no fundo da boca. Tinha um leve retardamento mental que, a princípio, nem era notado; quando era moça os pais, que queriam protegê-la, a mantinham presa em casa quase o tempo todo. Os mais velhos comentavam que ela havia sido estuprada por um negro que trabalhava numas terras vizinhas e estava encantado por ela. Os pais o obrigaram a casar quando finalmente descobriram que ela estava gestante. Teve somente este filho, que era a razão de sua existência: o pai da criança a abandonou antes mesmo do nascimento. A boca murcha, as profundas rugas trazidas pelos dias ao sol que judia mais das peles claras, mais os cabelos muito secos, parecendo palha de milho, davam a ela uma aparência de bruxa. Lucinda, diziam os mais velhos, se assemelhava muito a ela quando moça. A garota não gostava da comparação, pois a velha era realmente assustadora.

Capítulo V

O malfadado almoço

Naquele sábado, dona Luzia avisou as crianças que o pai traria um amigo para comer com eles e que não era para eles reinarem. Quanto a Lucinda, as recomendações foram especiais. Deveria ajudá-la na cozinha, mas antes precisava pegar a franga vermelha no terreiro. A choradeira começou cedo. A galinha pertencia ao garoto e ele nem queria pensar em comer o bichinho. Dona Luzia foi irredutível, uma vez que não havia alternativa. A menina corria no terreiro, mas nunca conseguia alcançar a ave. Estava fazendo corpo mole, para ver se a mãe desistia da ideia. Quando finalmente Silvano interferiu, foi só falar uma vez: a garotada respeitava demais o pai que jamais elevava a voz, bem ao contrário de dona Luzia, que berrava o dia inteiro. A molecada nem dava confiança para ela, sabiam que ela ralhava só por hábito.

Afinal a penosa foi trazida, seu pescoço esticado e torcido até que não se debatesse mais; foi fervida, depenada, lavada e temperada com os temperos plantados ali mesmo no quintal. Enquanto a ave tomava gosto, o feijão foi colocado para cozinhar no fogão a lenha. O tempo de cozimento seria grande, pois o fogo que pega na madeira é morno. É essa demora que dá à comida um sabor especial; os grãos de feijão ficam macios por dentro e é gostoso estalar a casca entre os dentes. O caldo tem que ser bem engrossado com um pouco dos grãos esmagados no fundo da frigideira, juntamente com a cebola picada e o alho frito. A frangota era macia e enquanto cozinhava foi preparada uma farofa com toucinho, ovos e farinha de mandioca. O arroz branco, frito com muito óleo, chegava a reluzir na panela. Um pezinho de alface completava a refeição. A sobremesa seria debaixo do pé de manga, que estava carregado. As frutas perfumavam o local e as crianças passavam o dia trepadas na árvore, se lambuzando com o néctar amarelo e muito doce. Davam a primeira dentada para rasgar a casca, que depois era puxada com os dentes até ficar somente a polpa carnuda; depois eram arrancados pedaços doces até chegar no caroço graúdo que, apesar de mais azedo, era muito gostoso de chupar. Tinha vezes em que chegavam a ter febre de tanto se empanturrar da fruta; em outras, ficavam com os lábios queimados pelo leite da manga ainda verde.

Depois de adiantada a refeição, a mãe mandou Lucinda se banhar e aos irmãos. Recomendou muito asseio, e que a garota se vestisse com a roupa de ir à igreja. Lucinda ia começar a contestar, mas lá veio um berro e ela resolveu obedecer sem protestar. Quando já estavam prontos, mais recomendações: deveriam se comportar, especialmente Lucinda, que já estava uma mocinha e deveria ter modos. Silvano, sem se virar, resmungou qualquer coisa que ela entendeu como:

— Obedeça à sua mãe.

O homem chegou pelas onze horas, tirou seu chapéu e baixou a cabeça em sinal de cumprimento. Ficou proseando no alpendre com seu Silvano enquanto os pequenos tinham que ficar sentados na cozinha, só trocando olhares. Não podia haver tortura maior para eles: parecia que havia um formigueiro no jirau onde estavam. Quando começavam uns risinhos, dona Luzia só olhava, com uns olhos que prometiam nem sei o quê.

Lucinda, de quando em quando, olhava pela janela em direção ao rio, na esperança de enxergar o vizinho. Nos últimos dias ele não havia ido à escola e ela estava muito ansiosa.

A conversa entre os dois homens não interessava em nada às crianças e nem a Luzia, pois girava em torno de vacas atoladas, bezerros com umbigos inflamados e cercas derrubadas pelo gado. Em dado momento, entretanto, todos se concentraram, pois o rapaz estava falando de um assunto que aterrorizava a todos por aquelas paragens: COBRA!

— Parece que alguém foi picado por uma cascavel e não aguentou a hemorragia. Sangrou até morrer a noite passada. Pode ser alguém de seu conhecimento. Pelo que me contaram morava perto daqui — disse Agenor, consciente de estar prendendo a atenção de todos.

— Ouvi dizer que a mãe do rapaz estava inconformada, dizendo para quem quisesse ouvir que já estava preparada para isso. Quando seu filho ainda era de colo, essa cascavel tinha andado em sua casa para roubar seu leite. A cobra colocava o rabo na boca do bebê para distraí-lo enquanto mamava em seu seio. O menino, com fome, não se deixou iludir pelo engodo e chorou a plenos pulmões despertando a mãe; chegou a bater com um pedaço de lenha na bicha, que conseguiu fugir. O garoto já tinha escapado algumas vezes de ser picado por ela, que ainda tinha raiva dele, mas desta vez não deu conta de fugir, estava distraído na beira do riacho aqui na sua porta.

— Tinha uma dessas por aqui que estava viciada em mamar numa vaca. O pobre do bezerro acabou morrendo de fome. Só desconfiei porque a vaca continuava dando leite mesmo depois da morte da cria; uma noite fiquei tocaiando e acabei com a raça dela — interferiu Silvano.

— Me descreva a pessoa — interferiu Luzia, já toda ouriçada. — Conheço todo mundo por aqui. — Interrompera a conversa porque já se cansara de escutar a história do marido e nem acreditava muito nela.

— Parece que era ainda um rapazinho de seus catorze, quinze anos. Dizem que ia à escola da cooperativa — esclareceu Agenor.

— Então ia no mesmo ônibus que Lucinda — lembrou Silvano.

Lucinda, a essa hora, já havia começado a desconfiar de que a vítima fosse exatamente o rapaz que já não aparecia na escola havia dois dias, desde aquela tarde no córrego.

O pai então perguntou:

— Lucinda, será que não é o filho de Pedro das Éguas? Ele tem ido pra escola?

— É esse mesmo — completou Agenor — foi esse o nome que me disseram.

Nesse instante, Lucinda começou a sentir uma tonteira e enjoo. Saiu correndo para trás da casa e lá mesmo botou para fora tudo o que havia comido naquele dia. A mãe a encontrou chorando e tossindo, com o vestido todo sujo. Já começou a ralhar com a menina, sem entender o que estava acontecendo. Os pequenos, aproveitando o pretexto, vieram correndo; perguntando o que tinha a irmã, foram enxotados imediatamente para o alpendre, onde deveriam permanecer imóveis e calados.

Lucinda entrou em casa a pretexto de se lavar e vestir e não apareceu mais naquele dia. O pai perguntou o que tinha acontecido e a mãe só disse que ela adoecera.

Quando a menina tirou as roupas para o banho, apavorou-se diante do que estava vendo. Sua calcinha estava ensopada de sangue. Teria o mesmo destino do garoto que tanto a impressionara? Aquele olhar que a perseguira na beira do riacho tinha feitiço, parecia olhar de cobra em passarinho: estava condenada à morte.

Um turbilhão de emoções avassaladoras estava tomando conta de seu coraçãozinho. Ficara chocada com a morte do rapaz que não lhe saía dos pensamentos. Queria morrer também. Por outro lado, pensava na tristeza que a mãe haveria de sentir com a sua falta. E seus irmãozinhos? Sentiriam falta de seus folguedos na volta da escola... Mas se ela morresse, nada disso importava. Resolveu não dizer nada a ninguém, pois assim não precisaria ver a tristeza da família. A menina tinha se transformado em mulher, e nesse mesmo dia já começava a sentir a aspereza que a vida adulta iria lhe apresentar.

O almoço foi um fiasco. Lucinda, que deveria se apresentar como uma mocinha, tinha feito um espetáculo de porcaria; os outros pequenos, quando viram o frango na tigela, começaram a chorar e se recusaram a comer, apesar de a mãe prometer que teriam de se haver com ela.

Capítulo VI

História de Agenor

Os cachorros latiam furiosamente ao pé do pequizeiro, onde Agenor mais seus dois irmãos estavam encarrapitados. O medo que sentia dos animais costumava soltar seus esfíncteres e a urina escorria solta pelas perninhas quando ele era pequeno, mas desta vez as coisas haviam de ser diferentes, ele já estava crescido e não suportaria a caçoada dos mais velhos pelas calças molhadas.

Ficou ali, olhando as feras que tinham os olhos injetados, babando de ódio e cada vez mais nervoso com o incitamento da mulher que os atiçava. Os irmãos gritavam, pedindo clemência para a demente.

Aquela zoada foi ficando cada vez mais distante, enquanto ele entrava numa espécie de torpor. Foi se abstraindo cada vez mais e entrou numa outra dimensão, onde só havia silêncio e paz. A mãe lhe apareceu na forma de um anjo e o tomou no colo. Era uma mulher muito bonita e meiga, vestida de branco e azul como a imagem de Nossa Senhora que havia no único cômodo do casebre onde morava. Os cabelos eram de um louro avermelhado. O garotinho não estranhava, mas o anjo tinha sardas; as mãos também eram bem calejadas e ásperas, mas ele se deliciava com o leve toque em seus cabelos ruivos e encarapinhados. Era uma sensação nova, mas muito boa. Em sua curta vida ainda não tinha sentido o calor desse gesto por parte de sua mãe.

A mulher que o gerara e criava era dura e ríspida em sua natureza, e se deixava levar por uma fúria descontrolada quando contrariada. Era ela quem estava neste momento, como já fizera muitas outras vezes, atiçando os cães contra os próprios filhos. Agenor não tinha a mínima ideia do que havia feito para que o monstro despertasse. Já sabia de antemão que não havia força neste mundo capaz de demover a malvada de seu intento de pilhar os moleques de novo no chão, onde os esperava uma surra de fazer dó a qualquer vivente.

Desta vez, entretanto, havia o anjo. Aconchegado em seu colo morno, ele permaneceria eternamente se preciso fosse. O tempo passou sem que ele tivesse consciência e quando deu por si, estava sozinho. Nem cachorro, nem irmão, nem mãe, nem anjo, nem nada. Foi descendo devagar e se esgueirando na direção da casa, esperando a qualquer instante ser atacado pelos cachorros ou pela mãe. Nada aconteceu e ele finalmente chegou; podia escutar o choro baixo dos irmãos e a voz fininha da irmã que procurava aplacar um pouco, com palavras de consolo, a dor que sentiam. Os cães estavam deitados sonolentos; amarrados com arame no alpendre, nem de longe lembravam as feras de havia pouco. Dos fundos, ouvia-se o som do machado rachando lenha. Era provavelmente a mulher, que ainda não havia aplacado inteiramente a sua ira e desferia golpes certeiros na madeira.

Agenor olhou para as cicatrizes, remanescentes dos ferimentos provocados pelas varadas nas perninhas finas. Tinha também no braço esquerdo um afundamento na carne, resultado da mordida de Barbante, cachorro malvado, sacrificado pelo pai dele ao ver o estrago que havia feito no menino, arrancando parte da pele e do músculo do antebraço. Naquele dia, até dona Gi sentiu pena do menino e nem tentou interferir na decisão do marido, que se mostrava furioso, coisa rara de se ver.

Os dois irmãos mais velhos sofriam mais ainda nas mãos da bruaca, pois tinham um gênio indomável e não se curvavam diante do castigo, provocando ainda mais a fúria incontrolável da mulher. Tinham marcas por todo o corpo e várias falhas de cabelo na cabeça por causa dos ferimentos. O mais velho, inclusive, teve que ir à vila em certa ocasião, quando a mãe deslocou seu braço ao segurá-lo para melhor desferir os golpes com o cabo do machado. De outra feita, teve as mãos queimadas pela brasa do carvão que a mãe o fez segurar, para que aprendesse a ficar com as mãos limpas dentro de casa. O segundo filho, apesar de também ser rebelde, era ladino e sempre conseguia fugir ou se esconder atrás dos outros, que aparavam os golpes primeiro. Tendo fugido uma vez, foi deixado fora de casa durante toda uma noite fria de temporal.

O garoto ainda não compreendia como havia escapado da sanha da mãe, mas lembrava-se muito bem da moça caridosa que o embalara. Mais tarde ficou sabendo que o motivo de tanta fúria tinha sido o mesmo da maioria das vezes, a "lambuzeira dentro de casa".

A mulher tinha fobia à sujeira. Dona Gi cuidava da casa com esmero; apesar de o chão ser de terra batida, ela fazia uma verdadeira assepsia. As panelas de alumínio brilhavam à custa de muita palha de aço, mas não passavam de objetos de adorno na casa, pois ela costumava cozinhar de cócoras em umas panelinhas de ferro, o fogão um buraco no meio da terra do lado de fora da casa, onde colocava uns gravetos com uma grelha por cima. Tudo isso, para evitar que a fumaça do fogão a lenha dentro de casa sujasse as paredes toscas. Tinha também pendores para decoração e fazia guirlandas de qualquer papel colorido e brilhante, que pendurava ao redor de figuras presas nas paredes. A mesa estava sempre coberta com uma toalha imaculada e por cima havia vários enfeites que ela mesma fazia dos mais inusitados objetos. As únicas notas destoantes eram as crianças, que teimavam em entrar sujas dentro de casa. Aquilo lhe dava nos nervos.

Conviviam dentro dela sentimentos tão antagônicos por aquelas crianças que a angustiavam por demais. Ao mesmo tempo em que as defendia e abrigava, como uma onça recém-parida, sentia muita raiva do trabalho que elas davam. Também sentia falta da liberdade e juventude que havia perdido muito cedo, na dura labuta do dia-a-dia.

Tinha se casado aos doze anos com um viúvo bem mais velho, que já trazia do primeiro casamento uma menina pouco mais nova do que ela própria. No princípio era bom, pois fazia da criança sua boneca e podia brincar o dia todo; o brinquedo, entretanto, não lhe dava trégua, e cedo o que era brincadeira transformou-se em obrigação e cansaço. O carinho dela pela menina seria muito maior do que pelos próprios filhos: Juselda era sua única amiga, pois onde moravam podiam ficar meses, às vezes um ano, sem ver uma alma viva.

As barrigas não tardaram. Perdeu a conta de quantos abortos teve antes que nascesse a primeira filha a termo. Era muito franzina, não tinha forças nem para chorar. Durou só uns dias, a menininha. Dona Gi não se conformou ao ver inerte em seus braços finos aquele corpinho que ela tanto amava. Para o enterro do bebê, vieram alguns vizinhos mais próximos. Era uma ocasião importante, e embora a caminhada fosse longa, nunca deixavam de vir consolar a mãe e chorar com ela. Havia uma solidariedade muito grande entre as pessoas daquele lugar tão ermo, onde a ajuda mútua é a única forma de sobrevivência.

Foi nessa ocasião que a professora disse que a garotinha devia ter pegado alguma infecção no umbigo, devido à insalubridade do lugar. Dona Gi deveria ter mais cuidados com a casa, manter o lugar mais limpo. Juselda desconfiava de que a partir desse dia teria começado a "neura" da madrasta. Naquela noite, pôde escutar os gemidos de saudade e de dor nos seios intumescidos; o leite empedrou por falta de esgotar e dona Gi teve mastite nas duas mamas.

Na febre alta que se seguiu, delirava e conversava com a filhinha morta, assumia a culpa pela falta de limpeza da casa. O marido, sem noção do que fazer, só pedia a Deus que não lhe tirasse a mulher também. A crise durou dez dias, e quando dona Gi finalmente encontrou forças para se levantar, já começou a fazer uma faxina, ordenando ao marido que trouxesse para dentro de casa baldes e mais baldes de água do poço. De menina tímida transformou-se em mulher enérgica, e seu Messias acabou perdendo de qualquer modo sua adorada esposinha; tinha agora em seu lugar uma mulher amarga, mandona, que em nada lembrava a outra que se fora junto com o seu anjinho.

Aos meninos também ela deu à luz ali mesmo, sozinha e assustada, sem ajuda nem orientação de ninguém; entretanto, já se podia notar a grande diferença na limpeza da casa e no caráter de dona Gi. Os enjeitadinhos eram cuidados e protegidos contra a mãe pela meia-irmã, que muitas vezes livrava os pequenos de coças os escondendo atrás de si, enquanto argumentava com a madrasta.

Foi neste ambiente que cresceu Agenor, sempre retraído e medroso. Ajudava o pai na lida, roçando a terra na época do plantio de feijão e tirando leite da única vaquinha na época das chuvas, pois durante a seca nada se produzia: até as tetas da vaca pareciam secar junto com o capim. Pela mãe, tinha sentimentos inexplicáveis e contraditórios. Ao mesmo tempo em que a amava, também a odiava.

Assim que teve idade suficiente, arranjou trabalho numa fazenda das redondezas. Era a oportunidade que ele esperava para se livrar da megera. Ali acabou de crescer e de encorpar, se tornando um empregado dedicado. O patrão o tinha em muita consideração, e sempre que tinha um trabalho de difícil solução o incumbia da tarefa. Agenor se encarregava das compras da fazenda e ajudava na comercialização do gado. Era um rapaz calado, que procurava não se meter em confusão com os peões nem em farras na cidade. Procurava não pensar na vida e dedicar-se somente ao trabalho. Ao final da jornada diária estava sempre tão cansado que mal tinha tempo para o banho; uma boia ligeira e já estava pronto para o sono profundo.

Logo foi transferido para a fazenda maior que ficava em Flores de Goiás, outra cidade a um dia de viagem em lombo de cavalo, onde era capataz e tomava conta de tudo. Ia à cidade uma vez por mês, só para as compras. Muitas vezes conseguia pegar carona no caminhão da fazenda vizinha ou em algum carregamento para a venda de gado. Nessas ocasiões visitava a família e levava algum ajutório em dinheiro para os pais. Era também quando ia à missa na capela da vila. Conheceu seu Silvano, pai de Lucinda, numa dessas oportunidades, em que havia voltado para um serviço urgente de conserto de cerca. Foi convidado para um almoço em sua casa e o desfecho da história nós já sabemos.

Dada a confusão que provocou com a história do moleque picado de cobra, nem chegou a reparar na menina. Cerca de um ano e meio depois, o patrão vendeu a fazenda de Flores e Agenor foi transferido novamente para o antigo emprego, onde passou a ter uma convivência maior com a família e passou a ir à missa regularmente.

Capítulo VII

Lucinda encontra a fada

Eram poucas as oportunidades de divertimento do pessoal. Nas quermesses e festas santificadas era que muitos casais se formavam e outros se desfaziam. No dia de Nossa Senhora, deveriam ser apresentadas as novas Filhas de Maria da diocese. Por oito meses as mocinhas vinham religiosamente ao curso, logo depois da missa de domingo. A carolada estava em alvoroço. Preparavam os doces e salgados que seriam oferecidos aos frequentadores da igreja após o culto. O velho padre, nessas ocasiões, chegava a desanimar, tal era a barulheira dentro da sacristia. Às vezes, já sem paciência, entrava gritando:

— TOCA PRA FORA, SUAS CAROLAS ESGANIÇADAS!!!

As mulheres, então, saíam em alvoroço e ficavam aguardando alguns minutos até que a brabeza do padre fosse embora. Ele então aparecia na porta de trás, ainda com cara de zangado, e dizia:

— Podem entrar, mas sem barulho. Aqui é a casa de Deus, vocês têm que respeitar, senão toco de novo, e dessa vez será definitivo.

Desde aquele domingo do famigerado almoço, Lucinda havia mudado. Tinha certeza de ter sobrevivido à hemorragia devido a um milagre: naquela noite havia rezado fervorosamente para a Mãe de Jesus pedindo por sua vida, fez até uma promessa. Subitamente, assim como havia começado, o sangue parou no dia seguinte. Resolveu então se dedicar à igreja, tornando-se devota fervorosa de Nossa Senhora. Começou a frequentar o curso para Filha de Maria. Todos os meses era lembrada de seu destino, pois o sangramento aparecia religiosamente.

Dona Luzia desconfiava do que estava acontecendo; via a labuta da filha para esconder suas roupas íntimas, levando-as para lavar na beira do rio quando já lá não havia mais ninguém. Entretanto, preferia manter-se calada a ter que explicar para ela os "fatos da vida".

Os irmãos é que estavam inconsoláveis por terem perdido a companheira de brincadeiras. Chamavam:

— Vam'bora, Dinha, banhar no rio.

Ela abanava a cabeça, seu olhar se perdia no horizonte. Não conseguia esquecer o rapazinho que a tinha cativado só de olhar, e parecia que agora só pensava em estudar e orar. Tomava seu missal ou o terço e se enfiava em orações à sua santa de devoção. Entretanto, com a festa, estava excitada.

Havia o problema do que vestir na ocasião. As outras garotas do curso, meninas de posses, filhas de fazendeiros que patrocinavam a igreja, já estavam providenciando seus vestidos. Todas estavam imbuídas do sentimento de religiosidade e amor ao próximo, procuravam ser boas amigas e se ajudarem no aprendizado. Com Deusiele, porém, Lucinda se dava melhor. Sentavam-se sempre juntas e na saída a amiga oferecia carona, que era sempre recusada.

A vila tinha uma única costureira, a Zefa. Era uma pessoa animada, e para as provas mandava vir todas as meninas ao mesmo tempo, provocando um alarido alegre. Lucinda estava inconsolável, mas, mesmo assim, mantinha a fé de que Nossa Senhora mais uma vez não a abandonaria. De alguma maneira haveria de encontrar um jeito de mandar fazer a roupa. Dona Luzia tinha pena da filha, mas nada podia fazer.

Na véspera do dia da Padroeira, Lucinda estava na beira do riacho vendo os irmãos brincarem e de alguma maneira sentiu saudades de seus dias de folguedos. A mãe gritava para os pequenos entrarem para o banho. Quando finalmente os meninos resolveram obedecer, no lusco-fusco do cair da noite, deixaram a irmã balançando os pés na água, com o olhar ainda perdido. Foi nesse momento que a menina viu uma senhora se aproximando com dificuldade pela margem do rio. Meio gordinha, e ainda carregando uma grande caixa nas mãos, era complicado para ela se desviar dos arbustos caminhando sobre os pedregulhos meio úmidos. Lucinda tinha certeza de que nunca tinha visto a tal mulher antes, mas seu rosto suave inspirava confiança. As pessoas naquele ermo costumavam desconfiar de gente desconhecida, mas a menina não chamou a mãe. Ficou aguardando a chegada da estranha.

— Lucinda? — disse ela, meio chamando, meio em tom de pergunta.

— Sim, senhora — respondeu a menina, ressabiada.

— Mandaram entregar para você.

— O que é?

— O vestido para você usar amanhã.

— Quem mandou?

— Você sabe.

— Vou chamar a mãe, a senhora espere um pouco. Como é seu nome?

— Meu nome é Mafalda, mas pode me chamar do que quiser.

Lucinda correu para casa gritando pela mãe. A mulher, que banhava os pequenos, gritou que já vinha. A menina voltou imediatamente à margem do rio, mas lá chegando, só encontrou a caixa sobre uma pedra alta. A mulherzinha já havia sumido. Ainda procurou por ali, pois não era possível que ela tivesse se movimentado com tanta destreza para desaparecer daquele jeito. A mãe chegou em seguida, mas só viu Lucinda subindo pelas pedras com um pacote na mão. Por um instante, Dona Luzia chegou a pensar que era brincadeira da filha, mas ao ver a caixa acreditou imediatamente.

A caixa quadrada tinha uns três palmos de largura por dois de altura. Era forrada de papel cor de pêssego, com todos os cantos revestidos de renda de algodão cru. Na tampa estava estampado em letras douradas o nome de Lucinda, circundado por arabescos delicados. Amarrando tudo isso havia uma fita de cetim da mesma cor da caixa, que traçava duas paralelas pelos cantos e era arrematada por um laço bem-feito.

As duas juntas fizeram o caminho para casa em silêncio, a mãe ajudando a filha a carregar aquela delicadeza.

— Quem lhe deu isso, menina? — perguntou dona Luzia, com assombro na voz.

— Uma mulher que eu nunca vi — respondeu Lucinda, meio avoada.

— Ela lhe disse o nome?

— Acho que é Fada.

— Isso não é nome — replicou a mãe, meio irritada.

— Foi isso que entendi, e ela disse que eu podia chamar do que quisesse.

As crianças vieram correndo, ainda meio molhadas e curiosas com o acontecido. Levaram um berro da mãe:

— Isso não é coisa para menino brincar. Chispa daqui. Vão já para dentro.

Apoiado no muro do alpendre havia uma espécie de balcão, onde dona Luzia preparava pães e biscoitos de leite. Ela pegou um lençol limpo, colocou por cima da madeira e só então deixou Lucinda colocar a caixa ali. Com muito cuidado para não desatar o laço, puxaram a fita para fora. Lucinda, então, levantou com tanta cautela a tampa que até parecia estar com medo de encontrar uma cobra. Dentro, havia um embrulho de papel de seda, também da mesma cor da caixa. Desdobrando o papel encontraram o tão sonhado vestido para a festa de Nossa Senhora.

Os meninos, atrás da janela, observavam a agitação das duas, implorando para sair. A mãe, de tão abismada que estava, nem respondeu. Viram de lá quando Lucinda retirou parcialmente a roupa de dentro da caixa. A delicadeza da peça trazia uma sensação agradável ao toque e as duas não se cansavam de alisar os tecidos contidos na folha de seda. Decidiram que só na hora de ir para a igreja retirariam o tesouro de sua arca.

Tão entretidas estavam com o presente que por muito tempo nem comentaram a respeito da tão inusitada visita. Passado o momento, a mãe interrogava obstinadamente a filha, que por sua vez nada podia acrescentar ao que já tinha dito. Mas, lá no fundinho de seu coração, Lucinda sabia muito bem do que se tratava, e naquela noite foi se deitar com uma alegria que havia muito tempo não sentia. Ficou acordada por muito tempo, pensando no ocorrido.

Logo que começara a ler, a professora lhe emprestara um livro que contava histórias de princesas, rainhas, príncipes, bruxas e animais falantes de outras épocas e outros lugares. Ficara muito impressionada. Apesar de nunca ter visto ninguém com as roupas das ilustrações, tinha achado tudo muito lindo. Sonhava um dia encontrar uma fada madrinha que também fizesse a mágica de transformá-la em uma linda princesa. Talvez por isso tivesse confundido o nome daquela senhora na beira do rio. Finalmente, caiu no sono profundo com um sorriso nos lábios.

Capítulo VIII

O cemitério

Estava mesmo complicado descer essa serra hoje. As pedras deslizavam sob seus pés pequenos e a força necessária para ir brecando ia judiando de seus já não tão novos joelhos. Depois de entregar a caixa para a menina, Mafalda decidiu sair o mais rapidamente possível das vistas de dona Luzia, pois sabia que teria ouvir muitas perguntas para as quais nem ela mesma tinha as respostas. Essas coisas aconteciam mesmo com ela, uma força muito grande a impelia a realizar determinadas tarefas e ela as executava automaticamente.

Fazia muito tempo que guardava aquele corte de crepe de seda branco, com o qual confeccionara o vestido que acabara de entregar. Quando o comprou, havia muitos anos, nem sabia qual a serventia dele e Lucinda provavelmente ainda não era nascida. Da mesma maneira estava agora seguindo um comando que a impelia para o pé da serra. Só ficava imaginando a canseira e o tempo que demandaria sua volta para casa, mas não havia nada que ela pudesse fazer. Mafalda deixava a imaginação solta e comparava essa sua necessidade de ir a algum lugar com o ímpeto que as tartarugas tinham de voltar ao lugar onde nasceram para desovar, ou ainda com as aves de arribação, que pareciam seguir um mapa traçado no céu.

Chegou a um lugar onde havia um bambuzal e ali se sentou, como quem chega a seu destino. Ainda não sabia o que tinha vindo fazer ali quando seu olhar foi atraído por umas pedras e uns pedaços de madeira, que não pareciam fazer parte da paisagem. Enquanto procurava entender o significado daquilo, imagens começaram a se formar e ela se deixou levar. As cenas passavam em *flashes* como num filme, mas pareciam fazer sentido. Estavam reunidos ali cerca de trinta homens, baixos em sua maioria, muito morenos, dois negros, sendo um deles extraordinariamente alto. Suas roupas eram feitas de couro ou de um tecido muito grosseiro, que se repetia nas calças, jalecos e chapéus. Estavam fortemente armados de revólveres, rifles, facas e facões de todos os tamanhos e formatos, e quando caminhavam retiniam os metais. Formavam alguns grupos de dois ou três que conversavam baixinho. Uns faziam café num foguinho entre as pedras e Mafalda podia sentir o aroma característico; sentia também o cheiro forte de suor e medo que vinha deles.

Tinha consciência de que nada daquilo estava acontecendo realmente, mas ao mesmo tempo lhe parecia estranho que aqueles homens não a tivessem notado. Bem ali junto deles estava acocorado alguém que parecia merecer do restante certa consideração, pois todos se dirigiam a ele com uma espécie de reverência e até mesmo certo temor. Estava calado, mas virou-se de mansinho sobre os calcanhares em sua direção; pareceu fitá-la por uma fração de segundo, estendeu a mão esquerda com um objeto brilhante que, na hora, ela não pôde identificar, e ela julgou ter sido descoberta. Já estava abrindo a boca para se justificar quando com um movimento rápido, como uma mola, ele se pôs de pé, e já com a pistola na mão direita começou a atirar na direção dela, gritando ordens de comando que prontamente foram atendidas pelos outros.

Mafalda colocou as mãos nos ouvidos e se agachou. Podia sentir o cheiro de pólvora, mas os tiros e os homens passavam por ela como se não existisse. Foi uma carnificina. De todos os lados apareciam soldados, atirando repetidamente na direção daqueles jagunços que ali descansavam. Os homens caíam ainda estremecendo; já em seguida aparecia alguém e lhe cravava uma bala na testa, praguejando alguma coisa assim como:

— Vá queimar no inferno, desgraçado.

O chefe da jagunçada foi o primeiro a sucumbir, após tomar um tiro. Ainda tentou permanecer de pé e atirou algumas vezes, mas foi atacado pelo lado com um punhal cravado no meio de suas costelas. O homem que o atingiu teve alguma dificuldade em retirar a faca, que parecia ter ficado meio presa em algum osso. Quanto mais o sangue jorrava e lambuzava sua mão, mais difícil ficava mover a arma. Foi atacado pelos bandoleiros, que prontamente arremeteram em direção àquele que estava atacando seu comandante. Morreram juntos e no mesmo instante, enquanto os companheiros corriam desordenadamente, sem saber que rumo tomar. Foram caindo um por um, enquanto se ouvia uma voz de comando e de maneira ordenada surgiam homens em fardas cáqui. O último a sucumbir foi o negro alto; tinha conseguido correr muito rápido, mas mesmo assim foi alcançado por uma bala certeira. Ficou agonizando por longo tempo, enquanto os soldados comemoravam aos gritos e gargalhadas a batalha vencida.

Mafalda ainda tinha as mãos nos ouvidos. Segurava o fôlego como quem cai de um penhasco. Dentro de sua cabeça, havia um chiado que ela reconheceu como o som do silêncio. Foi abrindo os olhos devagar e se encontrou novamente no bambuzal silencioso. Aproximou-se do amontoado de pedras e madeira e pôde identificar o que parecia ser um cemitério em ruínas. Com certeza os soldados tiveram que enterrar ali mesmo aquela gente toda que havia sucumbido. Começou a reconstruir em seus pensamentos os momentos que se seguiram após a mortandade. Meninos ainda, com a sensação do dever cumprido e ao mesmo tempo perdidos no meio dos corpos ainda quentes, que poucos minutos antes tinham o sopro da vida dentro deles, os soldados cavavam trincheiras enormes para jogar os cangaceiros mortos. A maioria daqueles jagunços tinha filhos espalhados pelo cerrado que cresceriam sem pai. Mesmo sabendo que aquelas criaturas eram as encarnações do demônio, de tanta malvadeza que cometiam, não era fácil tirar a vida de outro ser humano — pensavam alguns dos garotos. Tinham pena. Também eles eram filhos de Deus e, portanto, seus irmãos.

A gorduchinha se aproximou. Com um galho seco, revolveu aquele montinho, vendo que ainda havia entre os pedacinhos de pau alguns que estavam pregados no formato de cruz; outros tinham inscrições em tinta preta, mas já não era possível decifrar a escrita. Seus olhos se fixaram num seixo em formato de estrela, e como era de costume, guardou-o para juntá-lo à sua coleção de pedrinhas. Com o corpo todo dolorido, em frangalhos, levantou-se devagar apoiada no mesmo galho. Lentamente, pôs-se a caminhar na direção do riacho que precisava atravessar para alcançar sua casa mais rapidamente. Nessa época do ano é possível atravessá-lo sem maiores preocupações. Quando se debruçou para beber da água cristalina, o seixo que levava no seio caiu e rolou por alguns centímetros, o suficiente para lavá-lo da lama impregnada. Mafalda pôde então reconhecer o objeto que vira na mão do jagunço e que ele parecia lhe oferecer.

Era um cristal branco. Mafalda o apanhou novamente e o esfregou com a barra de sua saia, até remover parcialmente o barro. Pôde ver que era uma estrela de muitas pontas, e percebeu também que o formato era obra da natureza, não passara por ali a mão do homem. Quando chegasse em casa, talvez no dia seguinte, a limparia com uma escovinha de dentes até remover os resíduos totalmente. Agora, só pensava na hora em que se deitaria com sua cachorrinha no colo e dormir em sua rede à luz das estrelas.

Capítulo IX

Agenor conhece Lucinda

Agenor já estava na vila havia uns três meses. Fora avisado da festa, mas não tinha nenhum ânimo para ir. Não resistiu, no entanto, aos pedidos da meia-irmã, que queria companhia. No domingo passou na casa da mãe, pediu-lhe a bênção e saiu com Juselda, que bem diferente do meio-irmão, muito quieto, não parava de tagarelar.

— Ô Agenor. Vê se aproveita a ocasião e cuida de arrumar uma moça para se casar. Homem não sabe se cuidar sozinho, acaba sempre se metendo em encrenca. É preciso mulher em casa para sossegar.

— Mana, se aquiete que estou muito bem assim.

— Seus irmãos já estão casados. Na igreja, pelo menos, que é o que interessa. A bênção de Deus é que importa, não é preciso papel — continuava a moça, já bem passada dos trinta anos e aparentando bem mais que sua idade real.

— Você não quis casar até agora — respondeu Agenor, a contragosto.

— Cê sabe que eu não largo a mãe, e com o gênio que ela tem, ninguém ia querer morar junto.

— Então me deixe em paz também — cortou Agenor.

Seguiram em silêncio até a igreja, toda ornamentada de flores que tinham mandado vir de Buritis. O tempo estava quente e a chuva não tardaria. A época das chuvas começava sempre no começo de outubro, próximo ao dia de Nossa Senhora. Era até de estranhar ainda não estar chovendo àquela hora da manhã; mais um pouco e o sol começaria a esquentar, deixando o calor insuportável por causa da umidade. Pelo fim da missa, já estava tão abafado dentro da capela que algumas mulheres começaram a passar mal. Os homens transpiravam e o cheiro acre de suor já se fazia presente. Agenor, que estava perto do altar — onde era mais quente ainda, pois a ventilação vinha somente da porta da capela —, já avisara à irmã que logo após o culto religioso iria embora. A moça fez cara de conformada e Agenor sentiu pena. Disse então que esperaria até depois da apresentação das moças.

Terminada a missa, o padre mandou tocar um hino que serviria de deixa para as meninas adentrarem o altar.

Por ser uma das menores e, por que não reconhecer, a mais bonita, Lucinda deveria liderar a parada. Estava nervosa e a vela tremia em sua mão. Nunca se sentira assim em sua vida. Aos treze anos, era a primeira vez que se importava tanto com um vestido; não queria confessar a vaidade, mas dentro daquela roupa tinha se transformado. Naquele dia, se sentia um misto de princesa com anjo. Procurava desviar os pensamentos para o alto, mas, na realidade, seus sentimentos eram de vaidade e orgulho, o que a fazia erguer o queixo bem alto e olhar para o além. De um disco de vinil o hino começou a tocar em uma vitrola antiga e, após um instante de hesitação, a menina finalmente marchou para o meio de altar, seguida das outras sete.

Lucinda trajava um vestido imaculadamente branco de crepe de seda, cingido na cintura por um cordão dourado. Um manto azul-celeste pendia do pescoço, assim como o decote do vestido debruado de passamanaria dourada, combinando com o cordão. Os cabelos longos, derramados sobre os ombros, eram também cor de ouro e sustinham um pequeno véu de tule com acabamento em renda chantili. Nas mãos a menina trazia uma vela acesa e um missal. Tudo isso havia sido encontrado na caixa aquela manhã, muito embora na véspera tanto Lucinda como a mãe jurassem ter visto na caixa somente o manto e o vestido.

Agenor, imediatamente arrebatado, arremeteu-se como num *flash* para o passado no pé de pequi. Aquela era a santa-mãe-anjo que o havia embalado em seus momentos de aflição. O rapaz não sentia mais calor nem desconforto, parecia que estava sobre as nuvens, no Paraíso. Para ele, que nada conhecia do luxo das catedrais, de órgãos de metros de largura que tocavam sons divinais, de perfumes deliciosos elaborados no Velho Continente ou de mulheres bem cuidadas que só trajavam alta-costura, aquela era a visão mais bela que ele jamais sonhara. Perdeu a noção de tempo e espaço, transportou-se para outra dimensão.

A mocinha permaneceu imóvel durante o tempo em que o padre anunciava suas novas atribuições dentro da comunidade religiosa. Quando este terminou, moveu-se com graça até a saída, seguida de suas companheiras.

Agenor nem notou as outras moças. Seus olhos perseguiam a menina. Seguindo o cortejo dirigiu-se também para fora, onde já estavam armados os folguedos e as barraquinhas de comida, a pracinha em frente à igreja enfeitada com bandeirolas coloridas. Lucinda foi imediatamente em direção aos pais, que a aguardavam junto aos irmãos.

— Agora já podemos ir, Agenor — repetia a conformada irmã pela terceira vez, desta vez chacoalhando a manga da camisa do rapaz.

Saindo finalmente de seu encantamento, o moço retrucou:

— Podemos ficar mais um pouco, hoje não tenho nada para fazer, só vou voltar para a fazenda amanhã.

Muito sem jeito, perguntou se ela conhecia as moças que agora estavam espalhadas pelo terreiro.

— Sim, conheço todas, frequentam a escola onde eu trabalho na cantina, em qual você está interessado?

— Em ninguém, não, é só que eu já trabalhei com o seu Silvano, pai da que estava na frente, até já almocei na casa deles quando estive aqui no ano passado, mas me pareceu que ele só tinha crianças.

— As moças mudam muito depressa nessa idade — disse rindo a irmã.

Ficaram ali mais um tempo, até que Lucinda e sua família se retiraram, com as crianças menores já impertinentes pelo cansaço. Desde aquele instante, Agenor não teve mais paz. Conheceu um sentimento novo, uma agonia gostosa, uma premência de estar perto da moça que o encantara, uma necessidade de vê-la outra vez, nem que por alguns minutos. O dia santo tinha sido na quinta-feira, então não tardaria certamente o dia de vê-la novamente. Com certeza a menina iria à missa no domingo seguinte.

Resolveu arranjar uma desculpa para seu Genésio, o patrão, e não precisar voltar à fazenda. Depois de muitos anos, não trabalharia no fim de semana. Ficou na casa da mãe e planejou comprar roupas novas para a missa de domingo.

Capítulo X

Um presente para Agenor

— Mana, me ajude aí que estou precisando de umas roupas. Faz tempo que seu Genésio não me dá nada, parece que os filhos dele foram morar no estrangeiro. A velha mãe só olhava de lado, sem comentar nada. Estava num de seus bons dias, determinada a não brigar com ninguém no dia de Nossa Senhora.

— Se você não se avexar em usar roupas dos outros, deixou aí uma muié, parece que dona Marluce ou Mafarda, um pacote com roupas para dar.

— Quero roupa velha não, mãe. Eu mereço, uma vez pelo menos, comprar qualquer coisinha para mim, não?

— Tô te estranhando, mano — observou Juselda. — Cê nunca ligou pra isso. Em todo caso, não custa ver, né? Cadê, mãe?

— É uma caixa bonita que está em cima do guarda-roupa, mas eu quero ficar com o papel que é uma boniteza.

— Ajude aqui, ô, Agenor, que eu não alcanço.

— Esqueceu de crescer é? Já vou.

Estava de bom humor o moço, geralmente de poucas palavras; raramente o viam gracejar. Até aquela risada repentina, ingênua e pura de criança a irmã viu na boca do rapaz. Já desconfiava do motivo, mas resolveu nada dizer para não quebrar o clima de harmonia que reinava naquela tarde.

Agenor tirou de cima do armário um pacote muito bemfeito. Era uma caixa de papelão leve, embrulhada cuidadosamente em papel pardo acetinado. Estava amarrada com um barbante grosso feito de sisal, atravessando paralelamente a caixa. O amarrilho tinha as pontas do cordão desfiadas e no meio do nó tinha uns gravetinhos de canela, com duas pequenas flores secas da mesma cor e um fitilho meio dourado. Até o cheiro era delicioso.

— Que boniteza de embrulho, mãe. Quem foi mesmo que deixou isso aqui? — perguntou Juselda.

— Já disse, moça! Não conheço e nem entendi direito o nome dela. Era uma mulherzinha meio gordota com um chapéu de palha pequeno. Eu estava lavando a louça na cozinha e vi pela janela a tal chegando. Gritou que tinha trazido umas roupas para meu filho. Foi o tempo de eu enxugar minhas mãos para abrir a porta e ela já tinha sumido no mundo, deixando o pacote. Até pensei que estava abaixada atrás do portão, mas quando saí, não estava lá mesmo. O que mais estranhei foi que os cachorros não latiram nem rosnaram. Quando aparece alguém, mesmo conhecido, é um barulho de endoidar, mas dessa vez eles ficaram calados. Eu ia dar as roupas para seu irmão que precisa mais, trabalhando na cidade, mas se você quiser, pode ficar.

— Quero ver se me agrado delas.

— E você lá tem escolha? Se servir mais ou menos, aceite ao menos para trabalhar na roça, em uma semana você acaba com elas no arame farpado.

Devagar, o rapaz foi desamarrando e enrolando o cordão com cuidado, sempre haveria de ter serventia. O arranjinho de flores foi rapidamente recolhido pela mãe, que já tinha até marcado o lugar aonde iria colocá-lo.

Dentro da caixa cor de tabaco havia um embrulho de papel de seda na tonalidade palha que, uma vez desfeito, revelou em seu interior um par de sapatos marrons de pelica macia, meias de algodão no mesmo tom, uma calça de linho muito bem passada cuja cor lembrava os campos na época da seca, uma camisa imaculadamente branca e, bem no fundo, se confundindo com o papel de seda, cuecas de cambraia de linho. O tecido da camisa era de algodão finíssimo, muito bom de ficar alisando, e o cinto, de couro trançado e fivela de ouro fosco, combinava perfeitamente com o calçado. Podia-se sentir um perfume agreste de sândalo, árvore que perfuma o machado.

O trio estava embasbacado diante do presente. As roupas não pareciam usadas, muito pelo contrário, estavam novas em folha. Logo começaram a cogitar se não teria havido algum engano. Aquelas pessoas simples nunca tinham visto roupas assim, e muito menos deitado suas mãos rudes em algo semelhante. Em todo caso, ficou resolvido que, se não aparecesse ninguém reclamando o pacote, haveriam de ficar com ele, já que não tinham nem a quem perguntar sobre o assunto.

Agenor só pensava na bela figura que faria diante da mocinha-anjo. Tinha decidido ir no dia seguinte ao seu Bidu, o barbeiro. Seus cabelos crespos, cor de ferrugem escura, formavam uma massa disforme em torno da cabeça, de tão compridos que estavam; junto à barba de vários dias, davam a ele um ar de bicho-do-mato.

A tarde abafada convidava a um banho de rio. Aproveitaria para tentar tirar das unhas, à força de muita bucha — que era pega ali mesmo no fundo da casa —, e com a ponta do canivete suíço que lhe havia dado o patrão, seu Genésio, a sujeira que ficara incrustada na lida com o trator, o gado no curral, o trabalho na cerca e na roça. Pediu emprestado à irmã um sabonete e um pano para se enxugar. Pegou uma varinha de bambu — que ficava encostada no pé de lobeira, carregada de flores roxas — para o caso de ver algum peixe e lá se foi em direção ao riacho.

Lá chegando, foi arranjando um jeito de caçar uma minhoca, que partiu em pedaços pequenos para pegar uns lambaris. Pediria mais tarde à mãe para fritá-los para o jantar. Esses peixinhos, quando assim frescos, nem é preciso limpar, basta temperar com limão, sal e passar na farinha de mandioca. Só de imaginar, sua boca já começou a salivar.

Com o pequeno anzol já iscado, sentou-se numa pedra chata, sua velha conhecida, que ele mesmo tinha ajeitado havia muitos anos de modo a ficar bem confortável. Ficou cismando em como aquela laje tinha permanecido no mesmo lugar após anos e anos de enchentes. Na época das águas o riachinho raso, que não tinha mais de dez metros de largura, fazia muito estrago: já tinha levado até o cachorro de sua mãe, isso, sem contar as rezes dos vizinhos. Durante o período de chuvas o vale, bem profundo, recebia as águas de diversos córregos da serra ao mesmo tempo, e aí ocorria uma onda repentina e poderosa que vinha derrubando tudo que encontrava pela frente, pedras, árvores, plantação e pequenos animais desavisados.

Tão distraído, perdido em seus pensamentos estava o rapaz, que a princípio custou a realizar o que estava vendo. Parecia um dourado, sim, era realmente um dourado, peixe de carne branco-rosada saborosíssima, muito apreciado por pescadores e *gourmets,* conhecido, aliás, como "rei do rio": acompanhado de um pirão, não há quem resista. Era até de bom tamanho, peixe assim já não se via faz tempo por aquelas bandas. Tanto os pescadores deram em cima, que se tornou realmente uma raridade um espécime tão grande.

Agenor calculou uns cinco quilos, e começou a se amaldiçoar por não ter trazido a vara grande. Mas como estava de muito bom humor, sorriu e até ficou feliz por ver o peixe nadando tão bonito e livre, e resolveu ele mesmo descalçar as botas e tirar a roupa para o banho no rio. No fim da tarde, que é a hora preferida para ele comer e com o sol batendo em seu dorso, o dourado lembra um raio; quando bem fisgado, se debate e sacode e salta para se livrar do anzol. É justamente isso que encanta os pescadores, a luta feroz pela vida.

Agenor ficou ali, dentro da água fria, apreciando o sol se deitar. Enquanto se recolhia ao ocaso ia mudando de cor e, ao final, tingia o rio, que ficava parecendo feito de vinho bordeaux. As nuvens cinza-escuro faziam moldura para os últimos raios de sol e os primeiros da lua, que já se mostrava do outro lado acompanhada das primeiras estrelas.

Agenor estava tão feliz que sentia o corpo boiando e o coração leve. São momentos como esses que fazem a vida de luta valer a pena.

Capítulo XI

Cláudia e Fernando chegam à fazenda

Ao bater a porta da caminhonete, já podiam ver o capataz com quatro menininhas atrás. Era Joaquim, um caboclo moreno e forte com um chapéu de boiadeiro sobre a cabeça. Mais tarde, haveria de se tornar um grande amigo do casal que acabava de conhecer.

Mauro foi logo estendendo a mão, e com seu jeito de falar de quando ia para o interior, cumprimentou já cobrando serviço:

— Noite. Tudo em ordem por aqui? Vacinou o gado?

— Tudo em ordem, sim, senhor. A vacada está vacinada, estou vindo inda agorinha do curral.

— E essas meninas bonitas, como vão? — perguntou, fazendo um agrado na cabeça de cada uma delas, que se encolhiam e procuravam se esconder ainda mais atrás do pai.

— Cumprimentem o seu Mauro. Vamos, deixem de ser caipiras — estimulou com carinho o orgulhoso pai.

— Joaquim, estes são amigos de São Paulo, trate muito bem deles que são gente muito importante — disse, apresentando o casal com um sorriso matreiro para demonstrar que só estava provocando os visitantes.

Fernando e Cláudia estenderam as mãos, que foram tomadas com delicadeza inesperada.

— Vamos entrar? — convidou o dono da casa.

— Estamos muito cansados da viagem e loucos por um banho, vamos direto para a sede, depois você aparece. Dona Ondina está por lá? Fez um jantar bem gostoso para nossos convidados?

— Ondina está aqui dentro. Não fez jantar, não. Está com dor a tarde toda.

— Não me diga isso! — exclamou Mauro entrando na casa.

— Já está na hora?

— Parece que ela não contou o tempo direito e já está querendo nascer.

Mauro não tinha se "lembrado" de comentar com os visitantes o pormenor de que a caseira estava em gestação já bem adiantada. Cláudia se lembraria daquela noite pelo resto de sua vida.

A casota estava bem escura e, aos poucos, à medida que os olhos iam se acostumando, podia-se distinguir o ambiente. O telhado não tinha forro e as paredes iam até, aproximadamente, dois metros e meio de altura, de maneira que a casa toda se comunicava pelo teto. Para iluminar toda a área havia um único lampião de gás, que ficava estrategicamente colocado sobre a interseção das paredes.

De pé, encostada no batente de uma porta, estava a gestante. Era uma moça alta e esguia, apesar da barriga que, aliás, nem era tão grande. Os cabelos negros e lisos estavam amarrados na altura da nuca por uma tira de couro. As sandálias e o vestido largo, meio estampadinho e arrebitado na frente, mostravam claramente que a moça estava vestida para sair. Apesar de se perceber que a vida vinha sendo dura com ela, ainda se apresentava muito bonita. Era bem jovem, ainda em seus vinte e poucos anos e já na quinta gravidez.

Foi cumprimentada pelos visitantes apresentados por Mauro e estendeu a mão de maneira delicada, pronunciando a palavra "prazer" para cada um deles.

— Diga então, comadre, como é isso? — perguntou Mauro.

— As dores começaram ainda de manhã, seu Mauro — respondeu timidamente.

— E porque o Joaquim não te levou de carro para Buritis?

— É que o gado já estava preso no curral e os outros peões já tinham vindo para ajudar — interveio Joaquim. — Só que deu mais trabalho do que a gente estava esperando. Acabei de chegar e agora vamos para a cidade.

Cláudia, que até aquele instante permanecera calada, resolveu interferir.

— Se ela está em trabalho de parto desde de manhã e já é sua quinta gestação, não acho prudente sair daqui agora.

— Mas como vai ser então? — perguntou Fernando.

— Acho que Cláudia tem razão — concordou Mauro

Os três amigos, sem perceber, já estavam tomando conta da situação, sem nem mesmo se importar com a opinião dos mais interessados. Cláudia emendou:

— Veja bem, é mais de uma hora de carro até a cidade. Isso, sem contar que a viagem teria que ser bem lenta, por causa da estrada de terra. Os solavancos provavelmente acelerariam o trabalho de parto, e as possibilidades de o bebê nascer no meio da rua seriam muito grandes. Aqui, pelo menos, ela teria o conforto de estar sob um teto e com um pouco de privacidade.

Por ocasião da primeira gestação, muito ansiosa, Cláudia, agora mãe de dois filhos, tinha se informado sobre tudo o que era possível a respeito do parto; era, portanto, com um conhecimento razoável que falava.

Ondina só escutava, enquanto os outros decidiam o rumo de sua vida. Estava muito acostumada a acatar o que lhe diziam. Neste instante, Joaquim, muito carinhoso, perguntou à mulher o que ela achava. Impressionada com os visitantes da cidade, Ondina respondeu com seu jeito lento e meigo.

— Acho que a moça tem razão.

— Bem, então ficamos — decidiu Cláudia, tomando as rédeas da situação.

Fernando confiava muito na esposa para esses assuntos. Ela sempre tinha se mostrado eficiente em casos de emergência, lúcida e firme.

— Existe alguém na região que possa nos ajudar? Alguma parteira? — perguntou Cláudia.

— Tem dona Rita, que já ajudou umas por aqui — comentou Ondina, mas no fundo estava mais confiante na moça da cidade, que parecia tão sabida a respeito de partos.

— Depois tem o Joaquim aqui, que está muito acostumado a ajudar as vacas mojadas com problemas na parição — completou Mauro, para quebrar o clima de tensão que se formava principalmente entre os visitantes, pois a parturiente parecia absolutamente tranquila.

Todos riram, menos Cláudia, que a esta altura estava pensando freneticamente em como ajudar a moça. Os únicos partos que presenciara tinham sido os seus próprios, e mesmo assim, praticamente ausente atrás de lençóis — cesarianas em uma das melhores maternidades de São Paulo, com um centro cirúrgico asséptico, luzes que mais pareciam holofotes e uma equipe de médicos: obstetra, anestesista, instrumentadora, pediatra e enfermeiras. Decidiu então que o melhor que podia fazer era transmitir confiança à parturiente, e torcer com todas as suas forças para que tudo corresse bem. A natureza era sábia, e ela contava com a facilidade de já ser o quinto parto da moça.

Imediatamente mandou Ondina para o quarto, pedindo que se deitasse com uma camisola ou uma roupa mais confortável. Tomadas essas providências, pegou no pulso da moça e começou a medir o batimento cardíaco, mais para impressionar do que realmente para avaliar. Em todo o caso, parecia que estava tudo bem, pois a pulsação era de umas 80 batidas por minuto, subindo até umas 120 durante as contrações. Cláudia era uma esportista e estava acostumada a fazer essas medições durante seus treinos de corrida. Marcava também os intervalos entre as dores que rapidamente começavam a se avizinhar.

De quando em quando, saía do quarto para dar notícias aos homens, que haviam ficado na sala com as meninas. Estavam sentados à mesa conversando naturalmente, como se nada de especial estivesse acontecendo no cômodo ao lado. Para Cláudia, aquilo era o milagre da reprodução: uma vida iria se transformar em duas bem diante de seus espantados olhos. Uma pessoa com uma vida para viver, com uma história só sua, estava para chegar a este mundo. Aguardava com ansiedade a chegada da parteira que haviam mandado chamar. Esperava que fosse de grande ajuda, com conhecimentos muito maiores que os seus. Ledo engano. Quando finalmente chegou a tal Rita — uma mulher baixota, de cabelos desgrenhados e muito suja, trazendo uma sacolinha —, as esperanças de Cláudia começaram a minguar e, rapidamente, depois de alguns comentários da dita cuja, se desvaneceram completamente. Para começar, a falsa parteira mandou trazer uma bacia com água quente e mandou Ondina se acocorar sobre ela. Cláudia, a princípio, achou uma ótima ideia, pensando que era para fazer uma assepsia; a mulher, entretanto, simplesmente deitou algumas ervas sobre a água fumegante e começou a fazer umas rezas meio cantadas com uma voz estridente, abanando o vapor na direção das coxas da paciente. Naquele momento Cláudia percebeu que, dali em diante, seria tudo por conta dela.

Capítulo XII
O presente de Cláudia

Durante toda a sua vida tinha assistido a filmes onde se mandava ferver água e trazer panos limpos na hora do parto. Agora que era real, Cláudia ficou imaginando qual seria a serventia de tais coisas. A se julgar pelo que podia observar, até mesmo um pano limpo já seria difícil de conseguir. Mandou que a moça voltasse para a cama e procurasse respirar mais rápido e mais curto durante as contrações. Tinha aprendido isso no curso para gestantes. Ao observar que Ondina estava ficando aflita com a presença da tal Rita, pediu à mulher que as deixasse sozinhas. Imediatamente ela foi se retirando, mas parou na porta ao se lembrar de alguma coisa. Voltou e pegou a sacolinha que tinha trazido. De dentro dela, tirou um pacote vedado de plástico transparente com algumas coisas dentro.

— Comadre Ondina, encontrei no caminho uma muié que mandou entregar isto para a moça da cidade.

— Quem era? — perguntou Cláudia. — Não conheço ninguém daqui.

— Ela mandou dizer que era uma fada.

— Quem? Mafalda? Realmente não conheço ninguém com esse nome. O que tem aí?

Pegou o pacote e começou a girá-lo na mão, para ver se conseguia saber do que se tratava. Parecia que tinha um tecido branco, uma tesoura e uns pedaços de linha. *Que hora mais imprópria para se pensar em bordado*, pensou Cláudia.

A pseudoparteira já tinha se retirado quando Ondina deu finalmente um gemido, pois até aquele momento tinha se controlado e só pelo rosto franzido se percebiam as contrações. Nesse mesmo instante, a bolsa se rompeu. Cláudia então largou tudo e foi para perto da moça, pretendendo consolá-la e marcar o prazo das contrações. Ao colocar a mão sobre o ventre intumescido, percebia claramente que este se enrijecia, rápida e firmemente. Notou que o momento estava chegando e pediu a Ondina para começar a ajudar, fazendo força no diafragma. Pegou uma fralda que havia por ali, dobrou-a de comprido formando uma tira larga e a colocou logo abaixo do busto da parturiente para ajudar a empurrar o bebê para fora.

— Vamos, Ondina, coragem! Logo, logo, seu neném estará com você. Faça força agora. Vamos! — encorajava Cláudia, ao mesmo tempo em que apertava a tira de encontro ao abdome da moça.

Até aquele momento, ainda não tinha tido coragem de olhar entre as pernas da mulher, mesmo porque Ondina se mostrava bem tímida, não tendo ainda nem levantado o vestido. Entretanto, era chegada a hora em que a tensão local já não dava mais margem a certos recatos; então, decidida, Cláudia levantou a saia da moça até a altura do busto e começou a tirar a calcinha rota. Entregue totalmente às mãos de sua salvadora, Ondina não fez nenhum gesto para impedir .

Cláudia lembrou-se de que teria que cortar o cordão umbilical, e pensou que afinal o presente da tal Mafalda teria serventia. Abriu o pacote para pegar a tesoura e encontrou também luvas descartáveis e uma máscara cirúrgica, que vestiu imediatamente. Por um pequeno lapso de tempo, pensou na incrível coincidência do presente que acabara de ganhar. Resolveu olhar melhor o que havia lá dentro e viu que os panos, para os quais ainda não via nenhuma serventia, eram de um linho finíssimo e macio.

Observou que a vagina estava intumescida e Claudia já podia ver o que ela julgou ser o topo da cabeça da criança. Sentiu-se feliz, pois isso indicava que a posição era boa. Toda animada, Cláudia quase gritou:

— Já está nascendo. Já posso vê-lo chegando. Na próxima contração vamos fazer bastante força, que agora falta pouco.

Agarrada às barras da cabeceira da cama, Ondina se esforçava ao máximo, seguindo à risca as instruções que ia recebendo. Logo o bebê estava sendo expulso, com a cabeça virada para baixo. Após terem sido vestidas com as luvas de borracha, as mãos de Cláudia ficaram sábias e pareciam ter vida própria; agarraram a cabecinha e a giraram devagar, ao mesmo tempo em que puxavam. O bebê finalmente veio à luz, trazendo consigo muita paz. As mãos enluvadas pegaram a menina e a colocaram sobre o ventre da mãe.

Incrédula com o que estava acontecendo, Cláudia observava tudo. Não conseguia entender como conduzira tudo tão apropriadamente. Ficou observando a criaturinha vermelha, imóvel sobre o ventre de sua mãe que acariciava a cabecinha e sorria docemente para sua nova amiga. O cordão ainda pulsava vigorosamente, e Cláudia esperava a qualquer momento o choro do bebê. Esperava também não ter que dar a famosa palmada. Começou a ficar preocupada com a demora, pois o bebê estava absolutamente imóvel. De dentro do pacote mágico pegou um pedaço de gaze e o limpou, primeiro a boca e o nariz e depois todo o resto do corpinho; então retirou o tecido de linho macio e com ele envolveu o bebê, enquanto o massageava delicadamente. Finalmente, a garotinha pareceu acordar para o mundo. Aos poucos, começou a respirar, e então Cláudia soube que esta seria a hora de cortar o cordão umbilical. Pegou os fios de dentro do pacote e os amarrou próximos à barriga da criaturinha; depois tomou a tesoura e com um único golpe cortou de uma vez o elo que unia os dois corpos.

Era tudo perfeito, nada mais parecia sujo ou mal iluminado. Estava tudo em paz.

Cláudia saiu do quarto para dar as boas novas e escutou vozes lá de fora. Correu então de encontro aos homens; ao sair pelo umbral da porta, fez com a cabeça um gesto de autodefesa pois teve a sensação de que o teto era muito baixo; entretanto, era apenas o céu que, de tão estrelado, parecia tocar a sua testa. A noite sem lua estava morna e escura. As estrelas eram tantas, e tão brilhantes, que se assemelhavam a diamantes despejados inadvertidamente por alguma deusa descuidada sobre um retalho de veludo azul-marinho.

Retornando ao cômodo onde se encontravam a parturiente e seu bebê, Cláudia foi olhar novamente o pacote mágico. Parecia maior do que quando o havia visto pela última vez, e agora tinha umas coisas coloridas dentro: estava ali um enxovalzinho completo para bebê, pronto, seu presente já estava garantido. Foi tirando e dispondo as roupinhas sobre a cama, meia dúzia de camisinhas tipo pagão bordadas à mão, cada uma com um motivo e cor de bordado diferente da outra. Os casaquinhos e sapatinhos eram feitos de tricô e crochê com uma lã macia, de cores variadas, tudo de maneira a combinar com as camisinhas. Havia cueiros de flanela arrematados com barrados de crochê, dois cobertores, babadores, e até uma correntinha de ouro com uma medalha em forma da letra P.

— Aqui está meu presente para a sua filha, Ondina, e desejo que esta menina seja muito feliz por toda a sua vida — disse Cláudia, com a voz meio embargada pela emoção. — Agora vamos embora, e se você precisar de qualquer coisa, mande pedir. Vou preparar alguma coisa para vocês comerem. Boa-noite.

Os homens ainda se demoraram, felicitando o pai de mais uma menina e já acertando as tarefas que realizariam cedo no dia seguinte. As outras crianças, apesar de terem lutado bravamente contra o sono na esperança de conhecerem o novo e tão esperado irmãozinho, já tinham sido vencidas pelo cansaço. Pela manhã a decepção seria grande, ao verem que mais uma garotinha havia nascido. Se os pais tinham se decepcionado com o sexo da criança, não o demonstraram em nenhum momento; olhavam com muita ternura para o bebezinho rosado, embrulhadinho nas roupas novas e lindas sobre os trapos que cobriam a cama onde o casal havia se amado e gerado toda a sua prole.

Capítulo XIII

Fogão a lenha

Os três amigos deixaram a casa do encarregado ainda muito emocionados. Foram a pé para a sede e falavam sobre o parto sem parar, especialmente Cláudia, que se sentia muito orgulhosa por ter levado a termo tarefa tão inusitada. Ainda não conseguia encontrar explicação para sua perícia no trato do assunto. Não parava de pensar que deveria ter sido a magia das luvas de borracha. E perguntou:

— Mauro, quem é uma tal de Mafalda? Você conhece alguma por aqui?

— Nunca ouvi falar, por quê?

— É que recebi de alguém, por intermédio da dona Rita, um pacote com coisas em seu interior que foram de grande ajuda no parto e um enxoval completo para o bebê.

— Será que você não ouviu mal? Em vez da Mafalda, não seria "uma fada"? — disse Mauro em tom de troça. — É que existe por aqui uma lenda que o pessoal passa de boca em boca, e que fala de uma gorducha que entrega roupas encantadas para pessoas de coração puro.

— Você não consegue falar sério nunca, não é? Mas apesar de seu sarcasmo, fique sabendo que meu coração é mesmo muito puro; descontando uma vez ou outra em que desejo esganar certos engraçadinhos, não desejo mal a quase ninguém.

Desta vez a gargalhada veio solta.

— Você é muito briguenta, não sei como o Fernando dá conta.

— Eu sou é brava, existe uma grande diferença, e é por isso mesmo que ele gosta de mim. Se eu fosse uma molenga, ele faria de mim gato e sapato.

— Tá vendo o que eu tenho que suportar? Não se pode cutucar a onça com vara curta — comentou Fernando.

— Não se abespinhe, mas fora a brincadeira, existe mesmo essa lenda por aqui.

Chegaram à casa escura. Enquanto procuravam pelo lampião, Mauro foi falando:

— Agora é fazer a janta nós mesmo.

— Estamos perdidos se vamos contar com dona Cláudia para cozinhar — disse Fernando já meio inquieto, pois a fome começara a bater.

Nem é preciso dizer que o jantar foi um verdadeiro desastre. O arroz ficou empedrado, tipo "unidos venceremos"; a carne virou uma "sola de sapato"; salvou-se mais ou menos a salada, e mesmo assim porque Cláudia não quis comentar nada a respeito de uma lesma que viu na alface mal lavada. Mas coube à mesa perfeitamente o dito popular: a fome é o melhor tempero. De sobremesa, comeram doce de leite com um naco de queijo fresco feitos logo cedo por dona Ondina com leite da fazenda, isso sim valeu a refeição.

Exaustos como estavam, só pensavam no banho e na cama. O banho é que foi uma agradável surpresa. Estava delicioso. A ducha era forte, e a temperatura podia ser regulada de acordo com a vontade de cada um. Não fosse a água vir tão gelada diretamente da nascente, nem seria necessário usar a que vinha da serpentina do fogão. A noite tinha esfriado o suficiente para que a temperatura fosse simplesmente perfeita.

Quatro lampiões foram acesos, um para cada cômodo, e a casa estava bem iluminada. Apesar da simplicidade do lugar, o conforto era grande. Desabaram na cama, e logo Cláudia podia escutar o ressonar de seu marido e os ruidosos roncos do amigo no quarto ao lado. Todos os sons podiam ser ouvidos de todos os lugares da casa, pois com meias paredes a intimidade era impossível. Ainda excitada com as novidades, a moça da cidade custou a conciliar o sono. Pensava sem parar no parto e na vida daquele pessoal na casa vizinha. Estaria a garotinha recém-nascida dormindo ou chorando? E a mãe? Aparentemente, tinha deixado todos muito bem. Finalmente, seus pensamentos se dirigiram para o que a tinha intrigado de verdade: quem seria a Mafalda? *O Mauro com suas gracinhas. Seria realmente uma fada?* Você está realmente exausta, dona Cláudia, ou será que já está sonhando e ainda não se deu conta? Ficou imaginando onde estaria a tal mulher. Começou a sentir no corpo aquele torpor gostoso que antecede o sono. Era uma preguiçosa, gostava de dormir e sempre ia para a cama feliz. O barulho no cômodo ao lado foi se desvanecendo aos poucos, e então veio realmente o vazio escuro e quieto que traria o descanso.

Capítulo XIV
No meio da mata

O som de passos em cima da folhagem seca era quase imperceptível, mas mesmo assim suficiente para os ouvidos de felino. Estava sempre atenta, e com os dois filhotes adormecidos junto dela, estava mais alerta ainda. Levantou a grande cabeça, que quase não se via na escuridão da noite estrelada, mimetizada no meio da mata.

A onça estava deitada debaixo de uma enorme aroeira, onde havia amassado o capim a fim de acomodar melhor a cria. Próximo dali, podia-se ouvir o murmúrio do riacho. A mata era densa nas proximidades da água e o terreno caía abruptamente vários metros, tornando o lugar praticamente inacessível; ninguém em sã consciência se aventuraria por lá, especialmente naquelas horas.

A gordota sorria, e às vezes soltava gargalhadas enquanto caminhava mata adentro, com uma destreza que não combinava com seu corpo nem com sua idade aparente. Apanhava a barra do vestido largo e saltitava entre os arbustos, parecendo não sentir as pedras e espinhos nos pés descalços. Seu rosto, debaixo do chapéu de palha, estava feliz. Tinha a sensação do dever cumprido: mais uma criatura havia chegado ao mundo com sua assistência.

Estava feliz também com a chegada do casal paulista. *Eram do BEM* — concluiu a maluquinha.

— Não se alvoroce, bichona, que sou só eu — disse em voz baixa, dirigindo-se tranquila em direção à onça.

O animal não podia entender o significado das palavras, mas a voz o acalmara. A onça pintada é o maior felino das terras brasileiras, e essa era especialmente enorme, um bicho criado. Após alguns segundos, reconhecera pelas pisadas e pelo cheiro a criatura que se atrevia a invadir seu território. Não havia com o que se preocupar. Os passos foram se afastando e a bichona deitou-se novamente ao ouvir o som emitido pela goela da intrusa, que ela pôde identificar como amistoso e tranquilizante.

A distância que Mafalda havia percorrido desde a casa de Ondina até o lugar para onde se dirigia era enorme, mas ela não aparentava cansaço. Logo estaria em casa, já podia ver o clarão das tochas que brilhavam ao longe. Ainda tinha muito que fazer naquela noite.

Começou a assobiar e cantar alto, para avisar sua amiguinha de que já estava chegando. Ouviu de volta os latidos alegres e estridentes de um pequeno cãozinho.

A bichinha tinha no máximo o tamanho de seu antebraço, e era sua única companhia neste mundo velho. Apesar de ter liberdade de sair a qualquer hora, pois as portas e janelas estavam sempre escancaradas, a criaturinha só gostava de ficar dentro de casa. Era fresquinha. Não gostava de sujar as patinhas e muito menos seu pelo; daí, andava somente pela relva em volta da casa e só em caso de necessidade, para manter a casinha sempre limpa como sua dona gostava.

Mafalda conservava tochas de citronela acesas para evitar os insetos. Sempre que precisava matar algum bicho, sofria demais; preferia, portanto, mantê-los afastados. Toda vez que chegava em casa, parava por alguns instantes para admirar sua obra. Sentia saudades às vezes de seu amigo, que tinha sido de muita ajuda na construção e havia muito já não estava por aqui.

Era muito pequena a sua casinha, parecia de boneca, mas era suficiente para ela e sua cachorrinha. Era feita de materiais coletados ali pelo mato mesmo, de maneira que, quando queria, o lugar ficava absolutamente invisível, bastava apagar as tochas e fechar portas e janelas; mas iluminada como estava, era uma graça de se olhar. O telhado de folhas de buriti era cem por cento impermeável, não havia temporal suficiente para causar goteiras dentro de casa. Toda a estrutura da casinha era de pau roliço nos cantos; na frente, tinha uma pequena varanda com balaustres em xis, também de madeira roliça e mais fina. Para se chegar a essa varanda, havia uma escada de três degraus: a casa estava em nível mais elevado em relação ao chão, o que evitava a umidade e vários bichos. Uma trepadeira de primaveras subia pelo canto, por um dos pilares de madeira, e serpeava na viga, emoldurando tudo de solferino. As paredes externas eram tingidas com alquimias feitas por ela mesma, a partir de extratos de plantas, sementes e madeira. As tonalidades bege, amarelo e verde se harmonizavam de maneira a camuflar elegantemente a construção.

Os que tinham oportunidade de visitar a ermida não se cansavam de elogiar, mas Mafalda achava que não estava tão bom quanto poderia, caso Eliane, sua grande amiga de outros tempos, tivesse feito o trabalho de pintura. Às vezes sentia uma grande nostalgia de seus amigos de outras épocas e lugares. Não se arrependia nem um pouco de sua escolha, mas sentia saudades deles.

Do lado de dentro, o espaço sem paredes abrigava o quarto, a cozinha e a sala; na parte de trás havia um "puxadinho", com o banheiro ao ar livre. O chão de terra batida tinha sofrido um processo de impermeabilização que, ao mesmo tempo em que dava uma aparência natural, possibilitava a limpeza, podendo até ser lavado com água e sabão. Como a terra da região era clara, a impressão que se tinha era de cimento queimado com pó de mármore claro. Os móveis também tinham sido feitos ali mesmo e eram bem rústicos, mas muito elaborados, com aplicação de alegres entalhes de flores e bichinhos coloridos. Os tecidos usados na decoração eram uma chita que ela mesma havia estampado.

Nas paredes, havia objetos os mais inusitados que se poderia imaginar. Eram peças do mundo inteiro, tudo muito natural, com ênfase na arte hindu. Somente uma delas destoava das demais. Tratava-se de um brinquedo de plástico cor-de-laranja, no formato de um radinho, que estava inclusive em lugar de destaque.

A cozinha era daquelas que lembravam o tempo da vovó; tinha um fogão a lenha onde ela cozinhava, quando estava inspirada, os mais deliciosos pratos típicos brasileiros. Os mantimentos eram trazidos das cidades e vilas próximas, toda vez que ela necessitava andar por lá para auxiliar esta ou aquela pessoa. Havia também uma grande e tosca mesa onde os alimentos eram preparados, e onde ela comia. Sempre fazia questão de colocar um lugar à mesa quando estava sozinha e comer com pompa e circunstância. "Para não embrutecer", dizia ela.

Na lateral da casa havia uma pequena horta que ela cultivava com amor, conversando incessantemente com as plantas e insetos daninhos e pedindo gentilmente a eles que se afastassem dali. Dada a proximidade da mata, os bichos a atendiam; deixavam em paz a alegre senhora, pois preferiam seu habitat natural. Quando, entretanto, havia algum renitente, Mafalda buscava na floresta os inimigos naturais desses teimosos e logo o assunto se resolvia favoravelmente. Peixe havia à vontade no riacho. Não eram muito grandes, mas para ela, que vivia sozinha, era uma fartura.

Esta mulher, que nascera e vivera nas grandes metrópoles, havia se adaptado de tal forma, que nem pelo sotaque era mais possível distingui-la dos habitantes locais. Às vezes, observando seus objetos trazidos de todos os cantos do mundo, perdia-se em devaneios, recordando tempos e lugares tão distantes.

Era com base em conhecimentos adquiridos aqui e ali, aliados a uma dose bem alta de criatividade, sensibilidade e de alguma, por que negar, percepção extrassensorial, que Mafalda fazia suas "mágicas". Contava certamente com campo fértil — a imaginação e as crendices dos moradores —, que em muito colaborava com as feitiçarias.

Amanhã faria uma visita. Quem sabe não seria este o bebê que receberia de presente o velho radinho quebrado? Naquela noite, porém, ela descansaria com a sensação do dever cumprido. Após um jantar frugal, aproveitando a brisa morna em sua varanda, deitou-se na rede com a pequenina refestelada em sua farta e fofa barriga. Olhando as estrelas, dormiu o sono dos bons e puros de alma.

Capítulo XV

A caçada

Deitada em sua rede, Mafalda pensava em seu encontro com a onça. Sabia que aquela beleza de animal estava a salvo, pelo menos por ora, pois seu território não era cobiçado por nenhum fazendeiro. A falta de acesso e a própria constituição do solo tornavam economicamente inviável a exploração de qualquer atividade agropecuária. Sua mãe, que morava numa vereda no vale onde se criava gado, não tinha tido a mesma sorte. Mafalda se lembrava com tristeza de ter levado um terno preto completo, com camisa, gravata e sapatos, à casa de Zezé. Era mês de setembro. As árvores estavam sem folhas, já se aproximando a florada dos ipês que tingem a mata seca de amarelo. Era, ao mesmo tempo, uma estação perigosa no ciclo de vida do sertão, pois nesse período as pintadas dão cria e se transformam em caçadoras ainda mais vorazes e audaciosas.

Já tinha visto a onça-pintada rondando uma fazenda às margens do Ribeirão Barreirinho, que leva esse nome em razão de suas águas salobras que o gado aprecia e come fazendo uma lambança com o barro. Havia muito que a comida era escassa para o animal em função do desmatamento. Fatalmente, a onça acabaria por abater as rezes da fazenda, pois estava com duas crias. Não deu outra. Em uma semana sumiram três bezerros e na semana seguinte mais quatro, sem deixar vestígios. O vaqueiro desconfiou, chamou o patrão e disse:

— É onça!

— Que nada, homem. Cadê as carcaças? Não vi revoada de urubu. Tem alguém roubando o gado, isso sim.

Como se fosse um aviso, avistaram nesse momento, na subida da serra, uma revoada de urubus. Montaram a cavalo e saíram em disparada. Apearam no pé da serra e escalaram alguns metros, até chegar ao local em que as aves devoravam o que sobrara de um bezerro de ano; logo avistaram os rastros da pintada por todo canto.

Normalmente, quando as onças dão pouco prejuízo no gado, os fazendeiros as deixam em paz, pois não se caça por diletantismo na chapada; mas quando começam a pegar muito gado, não tem jeito, o negócio era caçá-las antes que o prejuízo aumentasse.

Para esse trabalho havia uma figura lendária na região, o Zezé Cruel, um cidadão semianalfabeto de uns 60 anos, homem muito rústico e de má fama. Era um pequeno fazendeiro, mas não havia trabalho que não largasse quando era chamado para caçar onça: matando o bicho, cobrava uma novilha pelo serviço. Como arma, usava uma carabina do papo amarelo que herdara de seu pai.

Em dois meses, a bichana já havia devorado vinte e três bezerros. Ainda eram oito da manhã quando foram à procura de Zezé, mas demorou até que o encontrassem e ele preparasse seus cachorros americanos, especialistas em rastrear onça. Chegaram à carniça já no meio da tarde. Eram aproximadamente três e meia quando o caçador soltou os cachorros, entre eles uma cadela mestre de nome Pretinha, a primeira a cheirar rastros e carniça e a sair em disparada pela mata da serra.

A pintada estava gorda, com a barriga cheia do bezerro que matara na noite anterior. Não demorou uma hora para a cachorrada localizá-la dentro de um boqueirão. Foi uma correria. Os cachorros americanos uivavam; o bicho, esperto, escolheu uma grande árvore, circundou o tronco e ficou esperando os cachorros que vinham no seu encalço; quando um deles passava, desferia um tapa só, com tanta potência na cabeça do cão que chegava a esbugalhar os olhos, matando instantaneamente os mais novos e inexperientes. A cena se repetiu três vezes, restando apenas sete dos dez que haviam começado a caçada.

Pretinha, esperta, sabia manter a distância necessária para não morrer também; enquanto isso, o fazendeiro doutor Oséias, seu pai, o caçador e o vaqueiro corriam pela mata, cheia de taboca e espinho. Já estavam arranhados, com as roupas rasgadas e as pernas doendo pelo esforço no terreno acidentado, mas a adrenalina era tanta que nem dor sentiam.

De repente, as uivadas começaram a ecoar, e logo descobriram o motivo: a bichana tinha entrado numa lapa. Chegando à entrada, escutaram o ganido de mais um cachorro que ela havia matado. Pretinha, matreira, liderou para fora os que haviam restado, vigiando a pintada dentro da lapa. Já passava das cinco horas, e a experiência do caçador recomendou que lacrassem a entrada da toca e retornassem no dia seguinte, melhor aparelhados para adentrar a caverna. Assim fizeram. Usaram pedras e troncos, tomando o cuidado de varrer a entrada pelo lado de dentro para perceber caso o animal tentasse sair.

Não dormiram à noite devido à excitação da caçada. A notícia logo se espalhou na região, já que o animal vinha pegando também os bezerros dos vizinhos. Umas quinze pessoas, munidas de lanternas, queriam acompanhar a aventura; até o gerente do banco, cujo avô tinha sido caçador de onça, apanhou sua espingarda herdada, velha e enferrujada, e foi juntar-se aos demais. Às sete e meia estavam na boca da lapa, a cachorrada num frenesi total. Destamparam a entrada e viram muitas marcas de rastro. O animal tinha tentado sair, mas sem lograr êxito.

Quando tentaram definir quem entraria na caverna foi uma tremedeira, cada um dando sua desculpa. No gerente do banco deu dor de barriga, em outro deu câimbra; restaram então Zezé, um rapazola chamado Grilo e o fazendeiro, que ficou se lembrando dos cachorros inexperientes mortos no dia anterior e se colocou na pele deles. O caçador logo se chegou para um rapaz e disse:

— Me empresta sua camisa.

— Pra quê? — perguntou o rapaz, mas foi entregando a camiseta. O homem enrolou a peça como um pavio e a amarrou no pescoço. Diante da insistência do rapaz em saber a razão daquilo, respondeu:

— O perigo é a "vealtéra". Se a bicha bate a unha na "vealtéra", é pá bosta.

A princípio, ninguém entendeu. Finalmente Oséias compreendeu do que se tratava e a muito custo, entre risadas, conseguiu explicar aos companheiros que ele tentava dizer "veia artéria", fazendo confusão e querendo dizer artéria aorta, como se a camisa no pescoço fosse protegê-lo. A gargalhada foi geral, mas por via das dúvidas, fizeram a mesma coisa.

Adentraram naquele mundo desconhecido, onde ser humano nenhum jamais tinha colocado os pés, todos armados com espingardas e uma arma curta, pois havia lugares em que era impossível manobrar com uma arma longa. Foram rastejando por uma passagem estreita até chegar a um amplo salão, repleto de estalactites e estalagmites. Uma pedra quadrada no centro dava a exata impressão de um altar, tendo em volta os restos de vários bezerros desaparecidos. Era este o motivo de não os terem encontrado: a bichana levava tudo para lá.

O lugar, apesar de mórbido, era lindo. Descobriram que a caverna era um verdadeiro labirinto: só naquele salão havia quatro corredores, que conduziam a outro que se bifurcava em outros tantos corredores. A montanha era um verdadeiro queijo suíço, mas Zezé, experiente, havia trazido um giz e foram marcando com uma seta a direção da saída. No meio da escuridão absoluta, o silêncio era gélido; só escutavam os próprios passos e a respiração ofegante de cada um.

O relógio já marcava onze horas, e nada da bicha. Os perigos eram muitos. Havia locais onde as galerias iam a mais de dez metros acima de suas cabeças. Cada um tinha sua função determinada por Zezé: Grilo cuidava da retaguarda, vigiando as costas e iluminando o teto sempre de arma em punho, no caso de a bicha aparecer por cima. Zezé ia à frente sempre à procura dela, seguido do fazendeiro. Caso o primeiro errasse o tiro ou o mesmo não fosse fatal, era sua missão disparar o segundo, pois, como disse o caçador, caso não morresse a bicha viria na direção da fumaça. Resolveram sair. Os de fora já estavam preocupados: tinham passado quatro horas dentro da caverna, mas ninguém tinha se aventurado a ir em seu socorro. Ficaram se questionando se haveria outra saída, por onde a pintada teria escapado. Comentaram sobre a beleza do primeiro salão e perguntaram se alguém gostaria de conhecer o lugar. Indagados pelo gerente se tinham certeza de que o bicho não estava lá dentro, responderam que sim, pois haviam explorado a caverna quase toda e nada de encontrar a fera. Entraram novamente, acompanhados de Pretinha.

Após rastejar por uns trinta metros até o salão, puderam ficar de pé e iluminar tudo. Ouviram um latido, seguido de um rugido ensurdecedor, e se defrontaram com a onça toda arrepiada em cima do altar, pronta para pegar Pretinha a menos de cinco metros de distância. O gerente deu um berro e mergulhou em disparada no corredor de saída. A onça também se assustou e correu para o fundo da caverna, com Pretinha em seu encalço. O fazendeiro e Zezé, na adrenalina, também correram atrás da pintada, com os revólveres em punho.

Quando chegaram a determinado ponto, perceberam que as lanternas estavam ficando com as pilhas fracas; se ficassem sem luz, seriam presas fáceis para a pintada. Voltaram também em disparada e, de fato, ao entrarem no túnel de saída as pilhas se acabaram. Terminaram saindo pelo rumo.

Zezé estava preocupado com sua cachorra de estimação, que ficara no breu da caverna junto com a onça. Rapidamente trocaram as pilhas, apanharam as espingardas e entraram novamente. Passava das cinco horas, mas já sabiam aonde ir e em quinze minutos estavam se aproximando do ponto. Para alegria de Zezé, ouviram os latidos de Pretinha, e o dono a estimulou chamando-a pelo nome. A comitiva chegou a um salão enorme; a valente cadelinha estava bem no fundo, latindo furiosamente, e numa pedra lateral, a uns dez metros de altura, a onça pintada enorme, arrepiada, pronta para dar o bote. Zezé fez mira rapidamente com sua Winchester 44; desferiu o tiro e, como já havia previsto, não matou o bicho, que de imediato pulou no chão e veio agonizante em sua direção. Pretinha rapidamente avançava nela tentando protegê-los quando o fazendeiro, em um ato reflexo, desferiu o segundo tiro no belo animal. A bala por pouco não atingiu Pretinha, que colocara a própria vida em risco para salvar seu dono.

O fazendeiro sentiu um misto de medo e coragem, remorso e alegria, o coração querendo sair pela boca. Passado o frenesi, amarraram a fera e foram arrastando o animal, que pesava uns cem quilos, em direção à saída, com enorme esforço devido ao acidentado do terreno. Ao saírem da furna já estava entardecendo, mas todos permaneciam aguardando. A euforia foi geral. Todos os que tinham ficado com medo de entrar tiravam fotos, segurando no rabo da pintada, empunhando armas, inclusive o gerente, que mostra até hoje com orgulho a foto da onça que ele diz que matou.

As reminiscências de Mafalda foram se esvaecendo conforme o sono chegava, mas ainda se lembrou de que naquela mesma noite, ouvindo os vagidos desesperados de um filhote de onça, saíra sem receio à procura de sua origem. Logo encontrou em seu caminho a oncinha que vira ainda há pouco, agora crescida: conseguira sobreviver, um pouco graças a ela, que lhe levara alguns alimentos até que a bichinha aprendesse a caçar por si só. A mesma sorte não teve o irmão mais fraco, que acabou fenecendo em uma semana, exatamente no mesmo dia em que morreu o caçador de sua mãe.

Zezé Cruel morreu de maneira inglória. Foi encontrado, pendurado pelo pescoço, numa árvore que atravessava a estrada e era conhecida como Árvore dos Enforcados. Até hoje não se sabe se foi suicídio ou se o mandaram matar por vingança, pelos muitos atos de atrocidade que cometera naqueles confins. Naquela noite, em seu velório, todos puderam ver o lindo terno preto que Mafalda entregara no mesmo dia em que o bruto saíra para caçar onça.

Capítulo XVI

O branco do papel

Havia já quase uma hora, cinquenta e três minutos para ser exata, que aquele papel estava ali na sua frente: os dedos sujos de carvão, mas o papel, imaculado, completamente branco. A ira vinha em ondas, mas quando estava prestes a estourar, respirava fundo e se controlava por mais alguns instantes. A cada vez tornava-se mais e mais difícil dominar o monstro. Os períodos de estabilidade estavam cada vez mais curtos, e ela sabia que a qualquer instante iria explodir. Era só uma questão de tempo.

Resolveu desistir mais uma vez e guardar o material de desenho, mas quando acreditou que finalmente havia conseguido dominar a fera, arrebentou o pedaço de carvão, esmagando-o entre os dedos e esfregando sofregamente a mão suja em cima da folha virgem. Fazia riscos e curvas que tentavam tomar forma, dando a impressão de que alguma figura iria surgir daquele caos, mas de imediato tudo se embaralhava novamente.

O choro começou com um grito gutural vindo lá das mais recônditas entranhas, seguido de mais outros dois parecidos. A folha de papel, já amarfanhada de encontro ao peito seco, ia subindo devagar pela garganta que tremia a cada berro; caiu finalmente ao chegar à altura do queixo, deixando livres as mãos e os dedos imundos, para serem esfregados no rosto pesadamente maquiado. Os borrões de rímel, descendo dos olhos trazidos pelas lágrimas, encontraram-se finalmente com os traços do carvão que vinham desde o queixo.

Triunfante no meio da sala, o espelho grande de cristal era o destaque na decoração meio decadente, e mais uma vez refletia a patética cena. Aos olhos da alucinada infeliz, a peça parecia zombar dela. No dia em que finalmente tivesse a coragem de se livrar daquela imagem, saberia que estava curada, mas não, ali permanecia com seu reflexo acusador. Tinha sido a única testemunha e ali permaneceria para sempre, repetindo dia após dia, como num videoteipe, as cenas em cinevision.

Depois da cena diária, que durava aproximadamente uma hora e meia, finalmente ela começou a se recompor, e com a ajuda de seu carrasco a limpar a sujeira do rosto. Após tantos anos, já tinha até preparado um *nécessaire* com cremes de limpeza e toda a maquiagem de que necessitava. Começou o ritual que demorava aproximadamente meia hora. Quando saísse dali, já não haveria mais ninguém esperando por ela.

No princípio, as muitas funcionárias ficavam aguardando após tentar entrar e conversar; mais tarde, tanto as tentativas como as próprias funcionárias foram minguando, assim como o movimento no ateliê. Claudete pegou sua bolsinha de estimação e saiu para a sala, escura havia já muito tempo. Só a luz do alpendre continuava acesa, na esperança de um pouco de segurança.

Lá fora, a garoa fria a aguardava. Alívio, foi o que ela sentiu. Não a estariam esperando como de costume os moleques da vizinhança, que sempre a espezinhavam. Caminhou sofregamente pela rua deserta e escura. Entrou na igreja, na expectativa de algum consolo. Teria que decidir entre comprar um pacote de velas ou um maço de cigarros. Olhou para cima, e os olhos duros da santa pareciam estampar piedade. A solteirona virou sobre os calcanhares e saiu apressadamente. Passou pelo bar que estava cheio, comprou seus cigarros e continuou célere para casa.

O prédio seguia a mesma linha do ateliê: decadente. Os corredores de mármore eram frios e a iluminação precária, tudo muito triste. Já foi acendendo o cigarro no *hall* de entrada e subiu as escadas para o primeiro andar. No meio do corredor comprido ficava sua quitinete. As paredes, que havia muito não viam pintura, estavam amareladas de nicotina, seguindo a mesma linha de seus pulmões. Seria uma noite longa à frente da televisão, zapeando os canais incessantemente até a madrugada, quando finalmente cairia num sono agitado, cheio de pesadelos. Quanto mais tarde acordasse, melhor seria. Aquela sala do espelho a estaria esperando com suas acusações.

Mudava constantemente de emissora, num frenesi que nem lhe permitia distinguir um programa do outro, mas o que isso importava? A necessidade era de algum zumbido e de uma luz titubeante dentro do quarto, enquanto repetia ansiosamente o gesto de trazer à boca um cigarro atrás do outro. A vontade de acabar de vez com o sofrimento, dando cabo à própria vida, esbarrava em sua forte convicção de católica de que isto seria pecado aos olhos de Deus; o fumo consumido sofregamente, no entanto, era a via de escape para que um dia não muito distante encontrasse a morte que lhe traria consolo. A tosse vinha mansa, e progredia num crescente de tirar o fôlego. Em sua última consulta ao médico, Claudete havia sido advertida de que seus pulmões estavam drasticamente comprometidos e que ela deveria imediatamente parar com o vício do cigarro. O pneumologista não chegou a compreender bem o sorriso que viu surgir na face encovada da mulher: normalmente a reação costumava ser bem diferente, tendo ele que confortar seus pacientes durante horas ao ser obrigado a dar a terrível notícia.

O amanhecer a encontrou ainda acordada, com os olhos fixos no teto e o cigarro pendurado na boca. Ficava se questionando se esse estado em que se encontrava já era o pós-morte, até que finalmente se decidia a tomar um comprimido para dormir. Invariavelmente, jogava na palma da mão todos os comprimidos da caixa e ficava olhando, sem coragem de jogar tudo dentro da boca; escolhia um e devolvia o resto para o dia seguinte.

Capítulo XVII

Visita ao bebê

Mesmo antes do canto nostálgico do galo no outro lado do rio Mafalda já estava acordada. Os vizinhos mais próximos ficavam muito longe, mas o som se propagava bastante bem e o canto estridente do galo era absolutamente audível, como se estivesse bem ali no seu terreiro. A verdade é que a gordinha estava muito ansiosa e não conseguia dormir, não via a hora de amanhecer para poder se levantar e dar conta do que estava disposta a fazer. O cocoricó a alcançou já a meio do caminho para a casa de Joaquim. A manhã ainda estava escura quando alcançou o alto da serra. Parou alguns instantes para tomar fôlego e admirar a alvorada que já lá vinha: primeiro um clarear do céu, passando por vários tons de azul, em seguida um amarelado no horizonte e logo uma fatia de laranja brilhante, contrastando com o verde da mata. A luz irradiada cortava o céu em faixas luminosas azul-bebê. O espetáculo, de cores exuberantes, era de embasbacar. Fosse algum artista atrevido se inspirar e tentar pôr em tela e tintas essa maravilha, e seria imediatamente tachado de vulgar. Era preciso estar ali, sentir o friozinho úmido do orvalho, aspirar o ar fresco e perfumado para que tudo se encaixasse de modo natural; tudo então se tornava coerente, bonito demais.

Não poderia se demorar, pois queria entrar na casa com todos ainda dormindo. Saiu correndo pela estrada de areia e em pouco tempo já podia ver Joaquim saindo de casa em direção ao curral, de onde voltaria em aproximadamente meia hora com o leite quente e espumoso recém-tirado. Era tempo suficiente para o que ela desejava fazer.

Entrou na casa descalça. Sem fazer um ruído, se dirigiu ao quarto onde estavam a mãe e o bebê. Sentia-se no ar o cheiro característico dos recém-nascidos, um cheirinho que enternece. Mafalda sempre pensava no que levava as pessoas, seres racionais e não simplesmente movidos por instintos biológicos, a terem filhos. Raciocinando friamente, crianças só atrapalham e dão trabalho. Quando pequenos, são vinte e quatro horas por dia cuidando da alimentação, higiene, cuidados com perigos de natureza externa. Quando crescem e se tornam meio independentes, testam ao extremo a capacidade dos adultos para ver até onde vai sua paciência e firmeza para manter a ordem estabelecida. Ao entrar naquele quarto em penumbra, percebeu que a natureza sempre encontra um meio para procriar a espécie que nada tem a ver com racionalidade, mas com um sentimento de ternura, de prover proteção.

Voltando ao que tinha ido fazer naquela manhã, chegou bem próxima do berço improvisado, pairando no ar de tão leve que caminhava. Olhou o bebezinho e seus olhos se encheram de lágrimas. Segurava a estrela de cristal que tinha posto numa corrente e pendurado no pescoço. Dentro de seu peito estava a resposta, sentimentos antigos lhe vieram à mente. Não era aquela a criança que procurava. Abençoou a criancinha desejando felicidade, saúde e alegria de viver, girou em seus calcanhares e saiu do quarto. Desabalou numa carreira desenfreada, se afastando da casa para evitar ser vista por Joaquim e também para fugir daquela cena. Fugia, na verdade, das próprias recordações, corria da dor insana que ela sabia, fatalmente iria alcançá-la.

Quando estava a uma distância segura, desabou sobre uma pedra e esperou. Sabia que não tardaria. A mãe de todas as dores, soberana da tristeza, rainha do desespero, já se assenhoreava dela. Primeiro era a sensação no peito, depois o estômago afundava, podia sentir a adrenalina invadindo todo o seu corpo, a sensação de medo, o sentimento de impotência; não havia como lutar, sabia que já estava batida desde o princípio. A pergunta inevitável, "Por quê?", nunca seria respondida. A única maneira de estar livre era tentar se esconder dessa dor o melhor possível, mas uma vez que ela a encontrava, não havia escapatória: já conhecia a rotina e o melhor era mesmo se entregar.

Depois que o sofrimento estivesse saciado, depois que a tivesse esgotado totalmente, ia saindo aos poucos e a deixava entregue ao corpo batido, exausto e sem forças. Rastejaria devagar para sua casinha e a cachorrinha a estaria esperando a meio do caminho, sabendo de antemão que sua dona estava sofrendo, e ficaria ao seu lado o tempo necessário para que a amiga se recuperasse.

Mafalda deitou-se na rede, segurou a cordinha que tinha amarrado de antemão para dar impulso e ficou se embalando, com a cachorrinha no colo. Os soluços ainda faziam estremecer todo o corpo. Hoje, ficaria entregue à tarefa de se recuperar. Mais tarde sentiria todos os músculos de seu corpo doerem devido à contração involuntária. A cabeça também estava latejando, mas ela não tinha forças para se levantar e ao menos preparar um chá.

Aos poucos, a lembrança do rosto gorduchinho emoldurado pelos cachos vinha surgindo. Paradoxalmente, pensar na menina era um bálsamo que aliviava a sua mente.

Capítulo XVIII

O passeio na noite

O dia seguinte foi muito agitado. Pela manhã, os três paulistanos saíram de caminhonete e desceram a serra pelo lado oposto ao que tinham subido na véspera. Parte da fazenda se encontrava no vale, que era conhecido como "vão". Da mesma forma se maravilharam com a paisagem e viram durante o trajeto uma fêmea de veado com sua cria. Do tamanho de bezerros crescidos, o parzinho era uma pintura, de tão bonito. Fugiram rapidamente, assustados com o barulho do motor a diesel.

Mauro ia mostrando todo seu conhecimento a respeito do cerrado. Árvores muito altas como a choradeira atraem raios e devem ser evitadas quando está relampejando; sucupira, jatobá, lobeira — que tem esse nome porque a fruta é apreciada pelo lobo-guará —, pequizeiro, de cuja fruta é aproveitada a polpa para temperar o arroz e é um prato apreciadíssimo, cajueiro e o araticum — que dá uma fruta tipo uma pinha superdimensionada e que pode ser saboreada ao natural, e ainda serve para fazer doce e licor.

Cláudia ficou encantada com umas frutinhas amarelas e muito tenras, cujo nome só aprenderia mais tarde: cagaita. Pareciam muito apetitosas. Perguntou a Mauro sobre o paladar, ao que este respondeu que aquela fruta, se comida assim quente ao sol, com certeza daria uma diarreia braba.

A coisa que mais impressionou a paulistinha foram os "olhos d'água": são buracos no chão de onde brota água límpida de dentro da terra. Parecia um milagre. A moça da cidade ajoelhou-se como a reverenciar a natureza, baixou a cabeça e deixou que a água cristalina molhasse seu rosto e cabelos; bebeu daquele líquido precioso, sorvendo cada gole com sofreguidão. Dali, a água escorreria devagar, recebendo ajuda de outras fontes para formar o rio que lá embaixo, no vale, corria manso na época da seca.

Desceram a serra com dificuldade; era uma estrada interna da fazenda e duas vezes por ano tinha que ser praticamente refeita, pois o pó fino da seca virava enxurrada na época das chuvas, cavando grotas enormes. Lá embaixo, tiveram a oportunidade de conhecer um rapaz que era conhecido como "abestaiado", um simplório com deficiência mental. Era mantido na fazenda por cortesia do dono, pois na roça de milho dava mais trabalho do que produzia. Viram também as diferenças no solo e consequentemente na vegetação, que era bem mais densa. Para esse lugar era trazido durante o período de estiagem o gado mais enfraquecido, pois a pastagem era muito mais rica e ali podia se recuperar ganhando um peso extra.

Andaram um pouco por ali e logo se sentiram desconfortáveis com o calor, que também era maior no vão, com os insetos que, diga-se de passagem, praticamente não existiam no alto da serra, e com a fome que já começava a bater. A subida foi ainda mais desgastante, dando a sensação de que a qualquer instante a caminhonete iria se desmantelar ali mesmo. Finalmente, chegaram de volta à casa. Tiveram a grata surpresa de encontrar o fogão aceso, donde se podia deduzir que o banho seria quente, o que depois de toda a poeira era ainda mais premente do que a refeição. Borbulhando, estava um caldeirãozinho de feijão cheiroso, uma panela de arroz, uma gamela de carne de galinha caipira com quiabo e mandioca frita. O cheiro perfumava todo o ambiente. Os pratos feitos estavam coloridos, e atiçavam ainda mais a fome. Foi realmente uma alegria saborear aquela comida depois do banho, ao lado do fogão de lenha. Ajudada pelo marido carinhoso, Ondina tinha sido a autora daquele milagre apetitoso. Como a sede era muita, retiraram umas pedras de gelo de dentro do isopor para gelar o suco de fruta natural. Depois do almoço recostaram-se nas redes da varanda e comentaram a respeito da vida dura das mulheres.

Naquela tarde, foram conhecer as instalações da fazenda. Era tudo muito rudimentar. Os tratores e seus implementos eram muito velhos, mas Cláudia, que adorava máquinas, ficou encantada, até ajudou a regular um enfardador de feno. Em sua antiga confecção, muitas vezes substituía peças e regulava sozinha as máquinas de costura industrial, as cortadeiras de tecido e toda a sorte de aparatos que, de outra maneira, ficariam parados por dias à espera do mecânico.

Estiveram também no curral, onde estavam separados os bezerros que no dia seguinte seriam marcados a ferro. De longe já se podia escutar o berreiro dos bezerros a chamar por suas mães, que ficavam nas proximidades respondendo tristemente com mugidos de cortar o coração. As tetas túrgidas doíam imensamente, pedindo as bocas ávidas que viriam sugar o leite e aliviar a pressão. Além de separar os animais para o trabalho do dia seguinte, esse procedimento servia também para induzir as vacas a entrar no cio outra vez e receber touros para a próxima estação. A poeira que vinha do cercado era levantada a cada vez que os animais ariscos ali dentro corriam de um lado para o outro, na vã tentativa de se esconder das pessoas que insistiam em olhá-los de perto. O tempo passou rapidamente e logo o sol começou a se debruçar no horizonte. Os hóspedes estavam esfaimados, sem entender direito o porquê de tanta fome. Chegando de volta à casa sorveram sofregamente dois copos de água translúcida e logo comeram umas fatias de queijo fresco delicioso, sabendo que teriam que esperar ainda algum tempo pelo jantar, que seria de restos do almoço enriquecidos com ovos fritos, tirados havia pouco dos ninhos das galinhas caipiras — motivos de admiração do casal, que comentou a cor vermelha das gemas e da casca grossa, muito diferentes daquelas dos ovos de granja.

Após o banho e o jantar, Mauro sentou-se para conversar com Joaquim sobre as contas e decisões de manejo do gado nos pastos, enquanto Fernando e Cláudia saíram para um passeio a pé na estradinha. A noite estava clara de estrelas e os dois de mãos dadas caminhavam tranquilamente, parando de vez em quando para um beijinho ou abraço. Esse passeio lhes rendeu a alcunha de casal romântico.

Durante todo o dia, Fernando tinha observado a mulher, seu jeitinho de puxar o cabelo da testa, a maneira de caminhar, muito decidida e ondulante. Quando ela se abaixou para beber água do riacho, não podia despregar os olhos daquele traseiro redondo, muito preocupado em se postar à frente de Mauro para impedir-lhe a visão. Isso o deixou ainda mais louco para estar sozinho com ela.

Cláudia já podia antecipar o que a aguardava. Aquele olhar estranho, os lábios semiabertos, a cara de safado. O tempo já não tinha nenhuma importância, havia tempo para conversar, para carinhos mais demorados, beijos mais longos nos quais ele explorava de muitas maneiras a sua boca. As mãos a tomavam de maneira diferente, os braços longos e poderosos em torno de sua cintura faziam com que se sentisse pequena, uma mulher totalmente dominada.

Naquela noite, Cláudia não tinha nenhuma intenção de escapar do abraço, mas mesmo que tivesse, sabia que nunca conseguiria desvencilhar-se dele. Estava cativa daquela força, daquele desejo. Mais do que os braços, o que a prendia era o cheiro gostoso de homem, de macho. A respiração dele, mais rápida e quente, ia tornando-a cada vez mais enfraquecida, desprendendo-a da realidade e a colocando numa outra dimensão, onde só os dois existiam. Uma sensação gostosa de calor e calafrio se espalhou por suas costas e desceu até entre suas pernas, o sangue correndo rápido, fazendo seu ventre pulsar mais forte e se intumescer. Lentamente, o marido foi desabotoando sua blusa ao mesmo tempo em que a conduzia para a beira da estrada, uma área mais limpa, com um capinzinho mais macio. Ali, deitaram-se atabalhoadamente, sem sentir o desconforto dos gravetos e a umidade da terra; pareciam envoltos numa bolha de irrealidade.

A boca macia e vigorosa de Fernando procurava, cega que era, a prega entre os seios fartos da mulher que ele conhecia tão bem, mas que sempre o surpreendia. Cláudia já se sentia morna e ansiosa. Aquela situação diferente, o medo de bichos, especialmente das cobras, a preocupação de que alguém os visse e o cheiro de mato só aumentavam ainda mais a emoção. Finalmente se livraram das roupas e a noite quente os envolveu por completo; estavam livres para sentirem os corpos um do outro. Logo começaram a se movimentar suavemente, como numa dança. Ela curvou o pescoço com a cabeça para trás, prendeu a respiração e esperou alguns instantes até que fogos de artifício começassem a aquecer-lhe o dorso e luzes coloridas pulsassem em seus olhos semicerrados: uma sensação de fibras óticas se acendendo a partir da nuca em direção ao meio das costas, com movimentos involuntários em seu interior se sucedendo em ondas como as do mar, grandes e fortes, e depois diminuindo de intensidade. Ele esperou um pouco para que ela se recuperasse, e ao ver o sorriso no rosto dela, sabia que poderia recomeçar e repetir algumas vezes, até que a mulher estivesse saciada e exausta. Ainda permaneceu por algum tempo se movimentando até que desabou sobre a moça.

Voltaram à realidade e rapidamente se vestiram, já preocupados, para voltar para casa. Assim que viram a cara de Mauro e Joaquim, tiveram a certeza de que o mundo todo sabia o que estavam fazendo no mato. Na cara deles estava estampada aquela alegria tranquila, e que entregou os amantes.

Ficaram ainda alguns instantes sentados no alpendre, olhando as estrelas. Daquele ponto não se enxergava luz artificial de nenhuma espécie, toda a iluminação vinha do céu. Mas como até a mais pura beleza cansa, os olhos começaram a querer se fechar e o casal pediu licença para ir se deitar.

Capítulo XIX
Raio de luz

E ra a primeira vez que Mafalda permitia que ela cuidasse de seu bebê. Renatinha já estava com quase dois anos e nunca tinha estado fora da vista de sua mãe. Claudete estava encantada. Não fosse a dor de cabeça lancinante que estava sentindo, poderia se considerar a criatura mais feliz da Terra. Renatinha era a cara de seu pai. Moreninha, os olhos meio rasgados, só os cabelos eram diferentes: muito fininhos e cacheados, num tom de mel, que em nada lembravam os fios bem grossos e escuros da cabeça grande que ela tanto amava. A criaturinha se mexia estabanada, bulindo em tudo. À luz da manhã, era um fogo-fátuo dentro do ateliê de alta costura. Dentro de sua cabecinha, tudo lhe era permitido, tudo o que era brilhante e colorido era para ser experimentado. Primeiro a menininha pegava o objeto, depois o encarava, absorvendo toda a informação que seu cérebro em formação podia alcançar através da visão; em seguida, invariavelmente, levava à boca. Pacientemente, Claudete ia tirando as coisas das mãozinhas gorduchas da garotinha, mas gerenciar aquela algazarra parecia uma tarefa impossível. Enquanto ia vendo a alegria da guria ao puxar toda a fita e a renda em metro, as pontas das peças de seda pura que ia amassando e molhando na boquinha vermelha, ia pensando em sua vida.

Claudete tinha alcançado aquela idade diáfana, entre trinta e quarenta anos, e continuava sozinha, sem nunca ter tido vontade de se prender a amarra nenhuma. Era muito egoísta, reconhecia. Nunca havia aceitado abrir mão de sua liberdade em favor de outro sentimento. Só tivera até ali casos fortuitos, homens de passagem que em nada comprometiam seu estilo de vida. Podia dizer que era bem-sucedida profissionalmente; sabia tudo de moda e costura, seu ateliê era o mais badalado da cidade. Sua sócia, que não se comparava a ela em conhecimentos técnicos, tinha uma criatividade sem par e era excelente no atendimento às clientes, coisa que Claudete positivamente não era; aliás, a base dos conflitos entre as duas era justamente essa. Claudete não aceitava interferência em seu trabalho, que julgava impecável, suas clientes não podiam sequer fazer pequenas sugestões nas roupas que mandavam fazer. Mafalda fazia o meio-de-campo, era alegre e simpática e punha panos quentes nas querelas surgidas. O relacionamento comercial de quase três anos ia bastante bem.

Claudete, a princípio, não levava muito em consideração sua companheira de trabalho: a considerava uma coadjuvante que havia financiado as reformas e trazido à casa a sofisticação necessária para a demanda da mais alta sociedade paulistana. Mafalda fazia parte desse mundo; seu pai, um militar de alta patente, frequentava o Jóquei Clube e estava presente em todas as solenidades de gala da cidade. Durante a ditadura militar, tivera participação política expressiva em âmbito nacional. A clientela viera toda por esse intermédio.

Aquele azougue ricocheteando dentro da sala já começava a irritar. A garotinha não tinha paradeiro. O espelho grande, peça de que a modista mais gostava, já estava todo lambrecado de cuspe. Toda a sua agonia, ponderava a estilista, começara quando Mafalda já estava em seu terceiro mês de gestação. O marido veio buscá-la para uma consulta médica e foi quando Claudete finalmente conheceu o famoso Bruno. Não podia tirar os olhos do rapaz, um moreno alto com um sorriso de dentes muito alvos, contrastando com o tom escuro da pele. Quando ele sorria, iluminava o mundo. Fora uma visita rápida, mas Claudete não conseguia mais tirar aquela visão de sua mente. Não que ela não tivesse conhecido homens ainda mais belos e que até se interessaram por ela, mas só se cobiça o que está próximo e pertence a outrem. Dia e noite, só pensava naquela visão. Em sua mente, foi construindo o homem perfeito a partir daquilo que vira. A princípio era só o físico, imaginava-o vestindo essa ou aquela roupa; achava que isso não causaria maiores estragos na vida de ninguém, afinal de contas pensar não arranca pedaço. Mas aos poucos, foi se tornando uma obsessão, não podia pensar em outra coisa. Até aí, nunca havia especulado onde isso a poderia levar; não pensava em tê-lo para si, só gostava de vê-lo em seus sonhos, caminhando por uma praia deserta numa sunga amarela, ou jogando tênis, de uniforme impecavelmente branco; mas o que mais a agradava era vê-lo de *smoking* num grande salão, portando uma rosa vermelha. Daí até começar a se ver com ele, foi um pulo. Em sua mente, o encontrava em lugares inesperados e já ensaiava o que dizer; mais tarde começou a procurá-lo nos locais onde imaginava que ele pudesse estar, ao mesmo tempo em que arranjava pretextos para que ele viesse ao ateliê. Ora ligava para ele dizendo que Mafalda não estava passando bem, a qualquer enjoo que esta sentia, ora pedia emprestada a sua caminhonete para levar umas peças de tecido na oficina de costura. Conforme Mafalda ia engordando, mais esperançosa Claudete ia ficando de que o carinho do marido pela esposa fosse diminuindo. Doce ilusão. O rapaz parecia cada vez mais encantado com a mulher e a perspectiva de que esta lhe daria um filho. Surgiam estrelas em seus olhos a cada vez que ele olhava aquela barrigona. A inveja começou a se revelar.

Já acostumada ao mau gênio da sócia, Mafalda nem levava em consideração as grosserias que esta lhe fazia, mas as coisas foram tomando um vulto que começou a incomodar, levando a gestante a pensar em parar de trabalhar assim que o bebê nascesse. Claudete mudou radicalmente de atitude ao saber das intenções da rival: não queria de maneira alguma perder a oportunidade de ver o bonitão. Tornou-se mais compreensiva até com as clientes, poupando um pouco o trabalho apaziguador da sócia. O ambiente tornou-se bem mais leve e as coisas pareciam ter, finalmente, entrado nos eixos, com todos trabalhando em harmonia. Quando a criança nasceu, Claudete praticamente montou acampamento na casa de Mafalda a título de ajuda. A jovem mãe sentia-se constrangida com a presença da amiga desde cedo em sua casa: chegava antes do café da manhã trazendo frutas, pães fresquinhos, bolos e geleias. O maridão a princípio estava adorando, mas com o passar das semanas começou a se aborrecer. Tarde da noite, quando Claudete a contragosto ia embora, o casal ficava dando tratos à bola para conseguir se livrar da indesejável sem melindrar a moça, que se mostrava tão solícita. Nem lhes passava pela cabeça o verdadeiro motivo de tanta atenção. Claudete era uma mulher desprovida de atrativos, e seu exagero no vestir e maquiar era motivo de zombaria entre os dois.

Finalmente, Mafalda voltou ao trabalho, mas de maneira a poder estar com a filhinha o tempo todo. Arrumou um quarto pequeno no ateliê, na verdade um depósito, e ali o bebê ficava. Todas as funcionárias queriam ajudar a cuidar da criança, mas ela parecia um anjinho que só acordava para mamar no peito da mãe e já voltava a dormir. Depois, quando começou a engatinhar, Mafalda começou a só ir à tarde para o ateliê; levava consigo a menina, que tirava um cochilão e logo já estava na hora de voltar para casa.

A festa de primeiro aniversário foi patrocinada por Claudete, a madrinha, no bufê infantil mais charmoso da época. Tudo o que podia ter uma criança, aquela tinha. Os pais nem tinham oportunidade de comprar brinquedos, pois mal era lançado um novo e lá estava a "dinda" com o pacote. O interessante é que Claudete nunca se aproximava muito do bebê, não tinha contato de pele. Enquanto todos os outros queriam abraçar e beijar e fazer gracinhas, guardava uma respeitosa distância. No começo, dizia que tinha medo de derrubá-la, não tinha jeito com crianças e coisas do gênero. Depois as pessoas foram se acostumando e nem reparavam mais.

De repente, saindo de seu devaneio, Claudete reparou que as coisas estavam muito quietas. Olhou pelo espelho e viu a garotinha deitada de bruços atrás de sua cadeira. Sua querida pestinha finalmente estava dormindo. Respirou, aliviada, por poder terminar o desenho de um vestido de noiva que estava fazendo. Teria pelo menos meia hora antes de Bruno vir buscar a filha e ir se encontrar com Mafalda para a consulta do pediatra, que ficava próximo à casa da cliente onde esta se encontrava.

Pegou a tesoura para cortar um retalho de cetim de seda verde-bandeira que queria sugerir para o modelo. Levantou-se e se dirigiu para a peça de tecido ao lado do espelho, deu uma olhadinha para a menininha deitada e o que viu, a princípio, não fazia sentido. A menina estava muito quieta; ao seu lado, encontrava-se caída uma caixa com botões de todos os tamanhos e cores esparramados ao seu redor. Sua cabeça agora parecia querer explodir.

O que estava acontecendo com a garotinha? Ela estava tão quietinha e sua pele arroxeada, a boquinha completamente azul. Não teve alternativa a não ser pegá-la no colo. Mesmo assim, a criança não se mexeu. Começou a sacudi-la de leve ao mesmo tempo em que a chamava, depois mais e mais freneticamente, conforme o pânico ia se instalando. Alguns botões caíram de sua boquinha. Claudete segurou-a pelo pescoço e a chacoalhou fortemente para que, se houvesse mais algum objeto, saísse naquela hora. Foi nesse instante que Bruno entrou na sala.

Desfigurada pelas lágrimas, e consciente do que havia acontecido, Claudete começou a gritar:

— Não fique aborrecido. Nós dois podemos fazer outra igual ou ainda mais bonita do que esta. Não se preocupe, meu amor, tudo vai ficar bem.

Bruno ainda demorou alguns instantes para começar a entender o que estava acontecendo; então correu em direção à desvairada e tentou pegar a menina. Claudete mantinha o garrote em torno do pescoço da garotinha inerte e não conseguia soltar. A tesoura, que ainda mantinha na mão, havia provocado alguns cortes e havia sangue no vestidinho. Continuava gritando insanidades, que Bruno nem ouvia mais. Começou a puxar com mais força o bebê, fortemente seguro pela mulher. Ao ver que ela não iria largar, Bruno desferiu uma potente bofetada naquela cara louca. Claudete titubeou, mas outros golpes ainda foram necessários para que ela finalmente afrouxasse as mãos de em torno do pescoço.

Caída no chão, podia ver pelo espelho a cena que pelo resto de seus dias permaneceria em sua memória. Bruno, com o rosto desfigurado virado para cima, urrava, tentava arrancar a dor de ter em seus braços fortes a criancinha inerte. Vista lá do chão, a imagem que se tinha era a de um monstro ninando uma boneca.

Capítulo XX

A missa

Agenor estava tão deslumbrado com sua transformação que mal se continha. Olhava a toda hora para o espelho de sua irmã e não se reconhecia. Não era, aliás, muito dado a se olhar, mesmo; nas paredes em sua casa nem espelho havia; tinha guardado em meio às roupas um pequeno, usado somente para o caso de ter que tirar algum estrepe que lhe entrava no rosto ou um fio de barba encravada. Estava se achando bonito. Tinha sido um garoto muito franzino, sempre ridicularizado pelos irmãos por ser o caçula da família. E embora sua mana querida o protegesse dizendo que ele era um anjinho, isso o irritava ainda mais, pois desconfiava que ela também estivesse mangando dele. Depois de adulto, nunca havia se preocupado com a aparência. Tornara-se um rapaz forte e sisudo, daí ninguém mais se atrever a debochar, mas em seu juízo continuava feio.

Os anos de trabalho braçal haviam esculpido um corpo perfeito: pernas fortes, de tanto subir a serra e carregar lenha; cintura fina, com os músculos abdominais muito bem definidos de tanto pegar madeira no chão e erguê-la para a feitura de cercas; costas e braços onde era possível realizar um estudo de anatomia, tudo o que a rapaziada da cidade almejava ao se inscrever nas academias. As mãos poderiam ser mais delicadas, pois eram enormes e calejadas, cheias de sardas como o rosto e o pescoço devido ao sol forte, em cima dos lombos dos cavalos.

A postura de Agenor era muito boa, com uma flexibilidade que os anos de galope atrás de boiada estourada lhe haviam conferido. Tinha um gingado ao andar, muito masculino. Seu Bidú tinha cortado os cabelos bem curtos e feito a barba a navalha. A parte queimada pelo sol havia sumido, só restando os fios de um vermelho escuro, quase marrom. Parecia mais claro sem a barba, dando uma impressão de asseado. O sorriso, embora raro, era muito bonito, de dentes alvos e muito fortes. O contraste de cores estava interessante, as mãos tinham sido revisadas pela irmã e estavam imaculadas.

As roupas tinham lhe caído perfeitamente, o contraste de cores estava interessante e os sapatos eram tão confortáveis que nem os calos feitos pelas botas ordinárias estavam lhe doendo. Resolveu que não usaria o chapéu naquele dia e foi de cabeça descoberta; parecia lhe faltar alguma coisa, já tinha se esquecido da última vez em que saíra sem ele, mas achava que estava muito surrado se comparado ao resto da vestimenta.

Quando chegou à praça, muitos de seus conhecidos nem o cumprimentaram, apesar de terem fixado o olhar para ver se reconheciam aquele estranho tão bem vestido. Deviam estar pensando que se tratava de alguém de fora. Agenor, já não muito dado a frivolidades sociais, até que estava gostando, pois assim não precisaria ficar se justificando perante os outros, que roupa era essa, para que estava vestido assim etc. Só o que o interessava era ver novamente a menina que lhe havia tirado a tranquilidade.

Lucinda estava junto de seus pais, esperando a hora de a missa começar. Estava usando um antigo vestido de sua mãe, que havia muito desistira de tentar entrar nele. Era simples, não tinha nada de mais, mas lhe caía muito bem e adquirira com o passar dos anos uma tonalidade palha-dourada de tanto estar guardado. Também estava intrigada com o rapaz tão bonito, que ela nunca tinha visto. Os pais tinham sido os primeiros a vê-lo e a comentar. A partir daí, a menina olhava a toda hora, tentando disfarçar o melhor que podia; e sempre que lhe dirigia o olhar, parecia até coincidência, mas via o rapaz a encarando.

O que a princípio havia sido simples curiosidade transformou-se aos poucos em interesse, e quando a família entrou na igreja ela procurou descobrir onde é que o moço se encontrava. Quando finalmente o viu, ele continuava olhando insistentemente. Rápida e encabulada, a mocinha desviou a cabeça. Queria olhar, mas a vergonha de encontrar o olhar novamente foi mais forte, e ela se esforçou para se concentrar em seu missal e acompanhar a missa.

O calor era grande dentro da igreja e Lucinda começou a transpirar um pouco; uma réstia de sol iluminava o suor em seu corpo e ela parecia brilhar. Os cabelos, dessa vez amarrados frouxamente com uma fita na nuca, cintilavam em dourado. Vendo a menina naquele halo de luz, Agenor deixou-se levar novamente pela imaginação, transportou-se mais uma vez para seu sonho de menino: ali estava seu anjo novamente.

O tempo parecia não passar. Tudo acontecia em câmera lenta e a voz do padre parecia vir de muito longe, as palavras não faziam sentido, mas quem estava interessado?

As pessoas começaram a se agitar e a sair da igreja, mas somente quando a família de Lucinda se levantou é que Agenor saiu de seu transe. Procurou colocar-se próximo a eles, já que sua intenção era falar com seu Silvano. Já havia preparado uma desculpa para se aproximar. Assim que chegaram ao ar livre, apressou-se e levantou a mão para o cumprimento, e foi nesse instante que dona Luzia exclamou:

— É você, Agenor? Pois eu jurava que fosse alguém de fora, você está tão... diferente!

Dona Luzia já ia dizendo "bonito", mas isso não é coisa que se fale para rapaz nenhum, então na última hora ela mudou seu dizer. O rapaz, que já estava encabulado, findou por ficar ainda mais vermelho, mas resolveu não justificar seu embaraço. Queria recitar o discurso preparado por antecipação.

— Seu Silvano, queria saber se aquelas terras acolá da vereda de sua casa ainda estão à venda. É seu Genésio que mandou perguntar.

Sem tecer qualquer comentário a respeito da aparência do moço, Silvano respondeu:

— Que seja de meu conhecimento, ainda não foram vendidas. Andou lá um pessoal do sul interessado, mas parece que querem para soja e acharam as terras ainda muito "sujas" de cerrado.

— Se o senhor me permitir, gostaria de passar e olhar novamente para dar uma informação para meu patrão.

— Esteja à vontade. A casa é sempre sua. Se quiser aproveitar a condução, estamos aí com a carroça, você pode comer com a gente. É coisa simples, mas Luzia tempera muito bem.

— Que é isso, seu Silvano. Ainda hoje me lembro da última vez que comi em sua casa. Apesar da tristeza das crianças com a morte do frango, ele estava uma delícia — disse Agenor, com uma de suas raras risadas tão infantis. — Se é assim, vou aproveitar e ir agora mesmo, pois já estou longe da fazenda por quatro dias e não confio muito no pessoal que está por lá. Amanhã tem vacinação, quero voltar ainda hoje.

Caminharam em silêncio até a sombra de um ingazeiro, onde estava amarrado o burro.

Capítulo XXI

O SACOLEJO DA CARROÇA

Ao chegarem próximos da carroça os meninos começaram uma algazarra. Toda vez era a mesma coisa: queriam porque queriam ir sentados na banqueta de madeira entre os pais. Já estavam bastante taludos e ficavam apertados, mas nesse dia seu Silvano e dona Luzia, num acordo tácito e silencioso, decidiram permitir para não criar ainda mais constrangimento perante o rapaz.

Lucinda e Agenor se acomodaram no fundo da carroça com as pernas balançando para fora, atrás das mercadorias empilhadas. Foram calados o tempo inteiro, quase sem se mexer; já bastava o sacolejo que o tempo todo os fazia dar encontrões um no outro. O constrangimento era enorme. Os jovens estavam muito desconcertados, pois não sabiam como lidar com uma emoção tão forte, que ainda desconheciam.

Agenor podia sentir seu coração batendo surdo dentro do peito; mesmo assim, se lembrou de colocar o lenço no lugar onde se sentaria e ficou o tempo todo preocupado com as roupas novas. Tinha medo de transpirar e manchar a camisa imaculada, e o pó da estrada também era motivo de preocupação. Dirigir a palavra à mocinha nem foi cogitado, era tudo muito atávico, apenas instintos básicos.

Lucinda, por sua vez, nem se lembrava da roupa; queria era saber o que fazer com as mãos. Em sua atrapalhação, só pôde se lembrar de rezar, e assim o fez. Em princípio com dificuldade para se concentrar, ia mentalmente recitando as palavras que já seguiam mecanicamente uma sequência memorizada; aos poucos aquilo foi lhe trazendo tranquilidade e ela conseguiu se controlar.

A viagem parecia interminável, mas enfim chegaram à entrada, com os meninos já pulando na frente para abrir a cancela, o que fizeram com dificuldade. Agenor, que por força do hábito também se levantara para ajudar com o colchete, resolveu seguir os últimos metros até a casa ao lado da carroça. Quando esta parou, instintivamente até deu um passo em direção à menina na intenção de ajudá-la a descer, mas conteve-se a tempo. Muito ágil, num resto de meninice, ela saltou depressa e correu até a casa de cabeça baixa: não via a hora de ir ao banheiro. Os moleques, como de costume, foram no mato mesmo.

Normalmente, Lucinda tiraria o vestido rapidamente e colocaria alguma coisa mais confortável, mas nesse dia dirigiu-se para a cozinha a pretexto de lavar uma louça que havia ficado em cima da pia. Dona Luzia olhou com o rabo dos olhos, mas não fez nenhum comentário.

Agenor e seu Silvano caminharam até a beira do rio, mas nem atravessaram, uma vez que o rapaz não fez nenhuma menção de tirar os sapatos e enrolar as calças. Dali mesmo, falaram um pouco sobre a topografia, que, aliás, ele já conhecia, e logo voltaram para o alpendre, onde continuaram a prosa à espera do almoço. O rapaz mal se concentrava na conversa, ia respondendo monossilabicamente; Silvano, felizmente, era um bom conversador, gostava de falar, portanto nem se deu conta do que estava ocorrendo. Já dona Luzia, mais ligada, assuntava tudo de dentro da cozinha. Lucinda ao seu lado trabalhava em silêncio; os meninos, que estavam no terreiro já tratando de se sujar, nem se deram ao trabalho de chamar a irmã. Tinham se acostumado ao novo temperamento dela.

O dia estava modorrento e ao longe dava para se escutar uma galinha cacarejando ou o latido de um cachorro. Os redemoinhos de vento traziam folhas secas e gravetos do pomar, sujando novamente o terreiro que seria varrido ainda uma vez naquela tarde. O barulho das vasilhas batendo na pia dava uma sensação de conforto e começava a despertar o apetite; o estômago parecia reconhecer o som e já se preparava. Do fogão subia um aroma de lenha queimando.

O feijão, cozido desde cedo com um pedaço de toucinho, estava agora sendo temperado com cebolas picadas e fritas, salsinha e alho socado com sal e começava a borbulhar enquanto engrossava. Agenor, a esta altura, já estaria subindo pelas paredes de tanta fome, mas seus pensamentos se ocupavam somente do momento em que se sentaria próximo à mocinha de seus sonhos. Ficava imaginando o que ela estaria fazendo. Prestando atenção aos sons que vinham da cozinha, vez por outra ouvia um murmúrio lacônico em resposta às perguntas de dona Luzia: nem mesmo as mais lindas sinfonias foram tão apreciadas quanto aqueles arrulhos da garota.

Seu Silvano, entretanto, não fez cerimônia ao inquirir quanto tempo as duas ainda gastariam para terminar aquele almoço. Dona Luzia gritou lá de dentro que ele tivesse um pouco de paciência, ainda levaria um quarto de hora. A lenha estava verde e demorava a queimar, a caloria era pouca. O arroz e a carne de porco ensopada em pedaços eram da véspera e só seriam aquecidos: Dona Luzia tinha uma teoria de que a carne pegava mais gosto no dia seguinte. Como tinham visitas, resolveu ainda fritar uns ovos colhidos naquela manhã. A salada fresca estava sendo lavada por Lucinda, que resolveu também enriquecer o molho com um pedaço de queijo branco cortado em cubinhos e um pouco do tomate seco em conserva de azeite que havia na prateleira e que a mãe tinha aprendido a secar ao sol. Como no período de seca até as calças jeans torcidas na mão secavam em menos de uma hora, os tomates secavam rapidamente também, e era só temperar com um pouco de sal, uma pitada de açúcar e um pouco de orégano fresco da horta mesmo. Lucinda, apesar de não gostar muito, achava que esses tomates seriam um toque de sofisticação: eram preparados com a receita que a mãe havia aprendido na casa de dona Lurdes, a famosa quituteira de Buritis.

Dona Luzia começou a chamar os meninos aos gritos, na certeza de que eles somente a atenderiam após várias chamadas.

— Passa pra dentro molecada, venham se lavar para o almoço.

A fome foi mais forte que a brincadeira e eles logo se chegaram. A salada foi colocada longe do fogão, mas as panelas ficaram na beirada para que a comida permanecesse quente. Dona Luzia ia fazendo os pratos dos meninos para que eles dessem sossego logo; os mais velhos se serviriam sozinhos e todos foram para fora no intuito de almoçar apreciando a brisa.

Lucinda ficou ao lado dos pais e bem de frente para Agenor. Seu Silvano continuava a falar; dona Luzia se intrometia na conversa o tempo todo e Agenor aproveitava: a pretexto de prestar atenção, dirigia o olhar para a frente, mas, de relance, mirava a menina, que comia de cabeça baixa mas também relanceava os olhos para o rapaz. Quando os olhares se encontravam, como um raio se desviavam, imediatamente a princípio. Conforme o tempo foi passando, a cada vez fixavam mais o olhar, até que a menina começou a sorrir disfarçadamente enquanto baixava a cabeça. Ela estava odiando fazer isso, mas não conseguia se controlar; já Agenor continuava sisudo, mas os sorrisos disfarçados da menina lhe davam um alento e ele por dentro sorria satisfeito.

O rapaz foi se enchendo de agonia ao pensar que a hora de se despedir estava chegando. Foi-se embora ao cair da tarde, tendo estendido a mão primeiramente para os pais e depois para a filha, que não estava acostumada a este tipo de cumprimento só dispensado aos adultos. A aflição era tanta que na hora ela nem sentiu o toque; somente mais tarde, nas horas que se seguiram, é que ficou pensando naquela mão que lhe havia sido estendida frouxamente, mal tendo roçado a palma. Devido à rusticidade, dava a sensação de um objeto inanimado.

— Pois então, Silvano, parece que seu plano de juntar esses dois está saindo de acordo — disse Luzia, enquanto colocava de molho para o dia seguinte as roupas encardidas dos meninos.

— Deixa isso quieto, mulher. Já até me arrependi de ter pensado nisso — respondeu rispidamente o marido.

A resposta não convenceu Luzia, que já conhecia muito bem o companheiro e sabia que ele ficara muito satisfeito ao perceber que os dois jovens estavam se interessando um pelo outro.

Capítulo XXII

A compra

Após quatro dias na fazenda, Fernando começou a ficar agitado. Os negócios pendentes perturbavam seus pensamentos. Era sempre assim; quando ele recarregava as baterias, vinham com energia redobrada.

Tomaram o avião de volta para São Paulo, convencidos de que aquele passeio havia sido um marco em suas vidas, um divisor de águas, mas com um significado diferente para cada um. Cláudia não imaginava como aquilo havia afetado Fernando. As novas ideias giravam dentro de sua cabeça como um pião, e ele falava sem parar sobre os novos negócios. Ela entrava no automático e devaneava à vontade, pois sabia que o marido simplesmente precisava falar para ir coordenando o pensamento.

A moça vinha pensando nas coisas novas que aprendera sobre o clima, a vegetação, as pessoas; se lembrava também dos lindos passeios, logo pela manhã e ao cair da tarde, nos lombos dos pangarés moscarentos — em relação aos quais mais tarde teve que dar a mão à palmatória, pois os animais, com sua aparência esquálida, davam muito bem conta do trabalho. Certamente os cavalos em que ela havia aprendido a cavalgar nas hípicas de São Paulo não teriam a mínima chance naquelas serras íngremes e pedregosas. As selas ordinárias haviam também deixado sua lembrança, pois podia sentir no próprio traseiro a recordação que ainda a acompanharia por alguns dias, tudo isto sem contar com a experiência inesquecível de ajudar a trazer uma criatura ao mundo.

Esse devaneio lhe custaria caro, pois não estava escutando quando uma sementinha começou a germinar na cabeça de Fernando. Foi uma frase pequena que ela deixou passar, mas que já continha em si todo o significado; aos poucos, e em pouco tempo, as raízes já tinham se implantado firmemente e a decisão de comprar uma terra por ali tomou vulto rapidamente, como erva daninha, mas se fortaleceu como um pé de aroeira.

Enquanto Cláudia fazia sestas ou visitava Ondina com o bebê, mais as outras quatro filhas, a conversa entre Fernando, Mauro e Joaquim corria solta; e foram os dois últimos os responsáveis por semear no hóspede, com mãos abençoadas de dedos verdes, a ideia de comprar uma fazenda vizinha.

Fernando até comentara de passagem suas intenções, mas Cláudia nem imaginou que ele levaria adiante a ideia de adquirir terras no Planalto Central. Acreditava que as coisas se dispersariam naturalmente, mas não foi o que aconteceu. Meio na moita, Fernando e Mauro fizeram contatos com os possíveis vendedores e o negócio acabou se concretizando.

Ao tomar conhecimento de que a compra estava iminente, Cláudia fez logo os cálculos para demonstrar que a atividade pecuária daria prejuízo. A terra era tão fraca que nem se poderia contar com os nutrientes para o pasto. A área inteira teria que ser devidamente adubada e cercas deveriam ser levantadas no processo mais rudimentar possível, uma vez que a topografia em nada ajudava. Não havia eletricidade e na parte da serra era quase tudo pedra pura, que teria que ser escavada para se colocar as lascas de aroeira, madeira duríssima e resistente, furada com pua manual para a passagem dos arames; enfim, um trabalho hercúleo, instalações da casa-sede e da casa para o caseiro, os currais, a compra de tratores, de vacas matrizes e cavalos para transporte.

Fernando fazia ouvidos moucos para os argumentos da esposa, não queria ouvir nada que se opusesse à compra das terras. Mauro, por outro lado, o incentivava e se colocava à disposição para adquirir parte como sócio. As terras na realidade nem custavam caro, uma vez que nada valiam; o dinheiro grosso teria que ser colocado aos poucos, à medida que fossem formando a fazenda. Os números não deixavam dúvidas, era prejuízo certo, mas Fernando argumentava que era esse o seu sonho e fim de papo. Voltou para Formosa no intuito de passar a escritura da fazenda. Acostumado ao ritmo de São Paulo, teve dificuldades ao perceber que sua tarefa seria árdua. Lá chegando, não seria possível achar o proprietário, que finalmente encontrou num botequim, bêbado como um gambá. Não foi fácil convencê-lo a sair de lá para dirigir-se ao cartório. Só depois de muita cantoria e políticas de boa vizinhança Fernando conseguiu levar Genésio, o patrão de Agenor, ao escrivão público para a passagem do documento que lhe daria posse de sua tão sonhada fazenda de gado. Paulistânia, assim seria chamada.

De posse dos devidos documentos dirigiu-se com Mauro ao lugar que se transformaria um dia em sua fazenda de gado. Foram ciceroneados a mandado de Genésio por Agenor, que ia mostrando os lugares e ao mesmo tempo dando sugestões a respeito de como repartir a terra em pastos. Mostrou também as nascentes de quatro veios que formavam o Pasmado, um afluente do Urucuia famoso pela piscosidade, o que muito animou Fernando, pescador inveterado. Quando chegaram ao alto da serra e divisaram o vão embaixo, ficaram absolutamente encantados. A visão era magnífica, nem os melhores anúncios americanos de cigarro mostravam paisagens como aquelas. Agenor ia contando, a pedido dos moços, histórias sobre as onças pretas, pardas e pintadas que habitavam aquelas grotas no meio da serra, mostrando inclusive as árvores onde se podiam ver as marcas das garras deixadas pelas feras ao afiar as unhas.

Desceram a encosta da serra a pé e com muita dificuldade. O piso era pedregoso e escorregadio, mas Agenor estava à vontade e parecia não se cansar. À medida que desciam, o calor ia aumentando; na beira do rio encontraram insetos que no alto não existiam. O cerrado era fechado. Havia muito as terras não eram mexidas, mas mata virgem não era; por ali já haviam estado carvoeiros que cortavam as árvores e depois as queimavam em fornos enormes. Os homens pareciam pré-históricos, muito pretos e sujos de carvão; não gostavam especialmente de companhia, viviam como bichos do mato e não foram avistados pelos visitantes.

Agenor ia à frente e atento a tudo. Sua conversa era baixa e incompreensível, tinha que repetir várias vezes até que fosse entendido. Vez por outra chamava a atenção dos visitantes para sons que eles absolutamente não ouviam e dizia:

— É macaco — ou apontava para o céu e mostrava um casal de araras com seu filhote, os três voando alto, juntos e livres.

De repente, o moço parou por alguns instantes, preocupado. Os outros dois pararam atrás dele e nem imaginavam o motivo de tanta quietude. Se abaixou suavemente e devagar, mas como um raio, apanhou uma pedra e a atirou violentamente. Dentro de uma toca, puderam divisar uma serpente se contorcendo e depois estancando de vez. Agenor não se aproximou, mas os outros queriam ver a cobra de perto. Com um galho comprido, puxaram o animal para fora e puderam ver que se tratava de uma cascavel descomunal.

O veneno de um animal desse porte, se não for tratado imediatamente, mata um adulto com certeza. Considerando que estavam caminhando mata adentro e na descida por mais de uma hora, e que a caminhonete teria que percorrer aos solavancos a estrada empoeirada e esburacada por mais uma hora até chegar a Bezerra e mais quarenta minutos até Formosa, o cidadão atacado não teria chances de sobreviver.

A cobra estava com o ventre inchado e eles imaginaram que teria feito uma lauta refeição havia pouco; queiram examinar as vísceras para ver o que havia dentro. Mauro pegou seu canivete e abriu um pedaço, no lugar em que o inchaço era maior. O susto que levaram seria lembrado por ambos com muitas gargalhadas, em meio a muita gozação e deboche, mas na hora Fernando, que estava de pé, saltou para trás tropeçando e quase caindo. Foi amparado por Agenor, que se posicionara bem longe; Mauro, que se encontrava de cócoras, caiu sentado e rapidamente se arrastou para trás. De dentro da barriga da bicha foram saindo embolados quinze filhotes, que ainda resistiram por alguns minutos e acabaram morrendo quase todos. Os que sobraram foram mortos por Agenor que, sem dizer palavra, pegou seu facão de mato e de um golpe decepou a ponta do rabo da cobra onde se encontrava o chocalho. Perguntado por Mauro qual a serventia daquilo, respondeu laconicamente:

— Chá de guizo de cascavel fêmea cura dor nas costas

Quem vive na cidade não entende bem o motivo de tanto pavor que os que vivem próximos das cobras sentem por esses bichos: é que já perderam o medo atávico que protege a vida daqueles. Na falta de recursos, pois nem carros ou meios de comunicação têm, sua defesa é eliminar quantas cobras puderem.

Assunto não lhes faltaria para impressionar os amigos em São Paulo. Faltava apenas pensar em alguém para trabalhar na implantação da fazenda. Ainda avistaram, alertados por Agenor, uma aranha caranguejeira enorme que atravessava a estrada rústica, ou melhor, um caminho aberto a facão havia muito. Fernando tinha pavor de aranhas. Certa feita, quando ainda moleque, em uma brincadeira com amigos, jogavam bagaços de cana uns nos outros no sítio de seu avô quando sentiu em sua nuca algo atirado. Pensando que era seu amigo que ainda não esgotara a brincadeira, levou os dedos ao pescoço para retirar o bagaço e arremessá-lo de volta quando sentiu algo se movendo em sua mão; ao olhar, deparou-se com o que, na hora, julgou ser uma aranha enorme, preta e cabeluda. Ficou muito marcado pelo susto pelo resto de sua vida, um asco incurável desses bichos que diziam ser extremamente venenosos, mas que embora realmente peçonhentos são na verdade de natureza dócil: algumas pessoas os criam como animais de estimação e para que cheguem a picar têm que ser muito molestados.

Naquela noite dormiriam na sede da fazenda vizinha. Sem notar, foram apertando o passo, pois a fome e o cansaço já rondavam. A prosa foi diminuindo aos poucos e entraram no carro em silêncio. Ao chegar à casa, foram avisados que alguns empregados de fazendas vizinhas tinham se reunido na intenção de conhecer o novo proprietário. Um churrasco estava sendo preparado a mando do dono do rancho. Tomaram banho rapidamente e sentaram-se num banco perto do fogo, pois o ar estava frio.

Capítulo XXIII

"Causos" de cobra

Depois de tomar cerveja e vinho, os amigos já estavam bastante à vontade. A peãozada começou a soltar a língua e Fernando, que era o mais ingênuo, foi o primeiro a querer demonstrar seus conhecimentos. Tinha estado no cartório naquela tarde e o escrivão público, que gostava de pescar e fazer caça de mergulho, descrevera assim uma pescaria: "Era noite alta, sem lua. Um breu. Estávamos pescando no Rio Piratinga, que significa "peixe pequeno" em tupi, um pequeno afluente do Urucuia, "água vermelha". Fomos com o piloteiro, mais seu filho e um amigo, mergulhar de noite para pegar surubim, peixe de carne deliciosa, parente próximo do pintado. Naquela noite a gente já tinha mergulhado bastante, mas não tinha "arranjado" nada. Na última tentativa, o garoto disse que tinha avistado um surubim enorme. Eu mais o companheiro experiente nadamos rapidamente na direção que ele apontou. Era um paredão de pedra, onde a serra encontra o rio. A gente conhecia o local e sabia que a uns quinze metros de profundidade havia uma loca, na verdade uma caverna de uns cinco metros rocha adentro. Respiramos profundamente algumas vezes, guardamos o fôlego e mergulhamos nas profundezas da água escura, com a lanterna na mão esquerda e o arpão na direita.

Com visibilidade de uns dois metros, estávamos quase às cegas, a adrenalina correndo solta, quando avistamos o peixe. Enorme, sim, mas desconfiei das pintas, eram muito grandes. Foi quando apareceu a cabeça de uma sucuri preparando o bote. Num ato reflexo atiramos simultaneamente, arpoando o bicho pelos meios, depois nadamos em desespero para a segurança do bote. Subimos soltando todo o ar na intenção de gritar, apavorados. O medo de enfrentar a fera dentro da água era terrível; descobri naquele momento quanto dura a eternidade. Se alguém fosse agarrado pela serpente, seria levado para o fundo e morreria de morte violenta... primeiro a cobra morde para poder se enrolar melhor no corpo da vítima, depois vai apertando até que os ossos quebrem. Assim, fora ainda de seu corpo, já começa a digestão, com certeza muito antes disso o pobre já estaria afogado.

Nem lembro de ter colocado a mão no barco para subir. A cobra já tinha esticado os 50 metros da corda do arpão e puxava o barco rio acima. Sem entender nada e tentando acordar da soneca em que estava, o piloteiro finalmente deu partida no motor e arrancou. Logo sentimos a pressão do bicho nas nossas linhas, e em momento nenhum a gente pensou em largar nossos arpões. Aos gritos, orientamos o barqueiro no sentido de não forçar demais, para não quebrar o equipamento. Queríamos cansar o animal para poder capturá-lo. Durante muito tempo nem vimos a fera, que tentava permanecer no fundo o maior tempo possível. Depois de quase uma hora fazendo muita força e gritando ordens, finalmente avistamos ela: vinha rolando para a superfície, fazendo muito movimento na água, lutando por sua vida. Devido ao seu tamanho, dava para perceber que era de idade avançada. Se tinha sobrevivido até ali era por ser um indivíduo bem adaptado e esperto. Mais um quarto de hora e finalmente a gente dominou a maldita, toda emaranhada com a linhada. Resolvemos arrastar a sucuri aos poucos para a margem. Numa última tentativa de fuga desesperada, a cobra ainda corcoveou quando alcançou as pedras, se machucando e tingindo a areia de sangue. Tinha para mais de sete metros de comprimento e pesou 147 quilos. Era muito grossa também, estufada da última refeição que mais tarde a gente viu que era uma capivara. Foi o que valeu; com o bucho cheio, a cobra estava meio lerda e errou o bote. Naquela noite ninguém mais teve coragem de entrar na água. Voltamos para casa mais cedo do que o previsto." Todos escutavam, o silêncio era sepulcral. Depois, um começou a rir para quebrar o clima de medo e logo estavam todos gargalhando, comentando sobre fatos que os forasteiros desconheciam.

Ninguém queria perder a liberdade e oportunidade que o novo fazendeiro estava dando a eles, cada um querendo contar o caso mais extravagante. Os mineiros são notórios por seu retraimento, são muito ressabiados; uma vez que tomam intimidade, tornam-se amigos verdadeiros, sem nunca no entanto perder seu jeito desconfiado.

Um mulato muito magro e alto — baiano, desta vez — começou a gesticular com as mãos enormes enquanto contava, em voz bem alta também, o caso do primo de um vizinho nas terras de seu pai no sul da Bahia que tinha sido encontrado na barriga de uma sucuri. O moço estava pescando na companhia de um irmão que presenciou tudo. Estava meio de longe, reclamando do barulho que o irmão fazia e que assustava os peixes; e viu quando este se dirigiu para uma árvore debruçada sobre o rio. Parecia encafifado com alguma coisa pendurada num galho, não conseguia distinguir do que se tratava. Já estava com água pelo meio da coxa, quando subitamente foi agarrado por uma imensa sucuri que surgiu de dentro da água.

O irmão que o observava correu largando sua vara no caminho, mas nada pôde fazer ao ver o outro submergir com o animal enrolado no tronco. Mal podia acreditar nos próprios olhos quando percebeu o engodo, viu com que rapidez o bicho deslizou pelo tronco do salgueiro, pois o que balançava na árvore nada mais era do que o rabo da cobra, que assim tencionava atrair a atenção de algum animal curioso enquanto mantinha o resto do corpo submerso. Depois de gritar por alguns minutos, desabou na carreira em direção à sua casa e encontrou o pai na roça. Contou o ocorrido e os dois voltaram para a margem do rio, mas já não havia nenhum movimento. Dias depois, após muita busca por parte dos vizinhos e amigos, finalmente encontraram a sucuri com partes ainda inteiras do rapaz, que tinha sido deglutido de uma só vez.

O horror se estampava na fisionomia de todos que escutavam, e também certa descrença por parte dos paulistas. Ainda questionaram querendo saber mais detalhes, se fato assim já havia ocorrido por ali. Ninguém tinha ouvido falar numa coisa assim, mas nem por um instante duvidaram do relato.

Depois dessa história assustadora, os casos seguintes perderam um pouco do interesse; mesmo assim, contaram sobre um tipo de serpente que morde o próprio rabo, forma um círculo e girando como uma roda persegue o cidadão, que deve ir tirando as roupas e as jogando para trás para que ela se enrosque nelas e ele tenha tempo de fugir.

Advertiram ainda sobre as lacraias, bichos peçonhentos cuja picada é extremamente dolorida, seu veneno podendo até matar uma criança pequena. Por fim, ainda tiveram ânimo para falar sobre cobras que mamam nas vacas e contar o caso daquela mulher que não entendia porque o seu bebê estava ficando enfraquecido e chorava muito à noite — mesmo recebendo o peito farto de leite da mãe que rapidamente se esgotava —, até finalmente perceber que quem mamava era uma cobra, ao mesmo tempo em que oferecia o próprio rabo para entreter a criança.

O assunto foi minguando juntamente com o fogo. Logo aqueles homens rústicos estavam piscando duro, mostrando que o sono já batia forte. Alguns pernoitariam ali mesmo e outros seguiriam direto para suas fazendas, onde pegariam no serviço dali a poucas horas.

Capítulo XXIV

O capataz

Foi com certa apreensão que Fernando escutou de Mauro, no caminho de volta, que acharia ótimo caso Agenor aceitasse trabalhar para eles como capataz, pois tinha fama de bom empregado conhecida por todos. A única restrição era por ser solteiro; por experiência, Mauro sabia muito bem que sem família, ou pelo menos uma mulher, a rapaziada não parava naquela lonjura. Fernando achava antiético chamar alguém que já estava empregado, ainda mais trabalhando para um amigo de Mauro, mas este parecia não se importar muito.

De qualquer forma, como Fernando nada entendia sobre o assunto, contratou Mauro para gerir a fazenda e deixou esses assuntos por conta dele. Quando soube que a contratação de Agenor finalmente se concretizara, ficou abismado com o salário, baixíssimo se comparado aos de São Paulo, mas o moço havia condicionado sua ida para o posto de trabalho a duas coisas: que contratassem também sua futura mulher como caseira e lhe dessem um terno, mesmo usado, para o casamento. Mais tarde ficariam sabendo que até aquele momento não havia nenhuma noiva, mas Agenor já tinha se determinado a pedir a mão de Lucinda em casamento a seu pai. Achava que não teria condições de viver com a moça na fazenda de seu Genésio, uma vez que ali não haviam instalações adequadas. O rapaz praticamente dormia a céu aberto num galpão de palha, e quando chovia, puxava uma lona para protegê-lo. Na nova fazenda Paulistânia já estavam sendo construídas uma casa para a sede e uma para o caseiro, tudo muito simples, mas com o mínimo necessário para se viver dignamente.

Agenor tinha voltado à fazenda de seu Genésio logo após seu encontro com Lucinda, e lá ficou por aproximadamente seis meses sem voltar à cidade. Nesse ínterim, decidira ter a filha do amigo por esposa e pronto, nunca chegou a cogitar a probabilidade de o fato não se concretizar. Portanto, quando recebeu o recado para entrar em contato com seu Mauro e este o convidou para o posto de capataz, rapidamente tomou a decisão de procurar o futuro sogro e fazer o pedido, já que teria condições de dar à menina uma vida razoável.

Silvano aceitou de bom grado entregar sua filha em casamento, mas bem à moda dos mineiros, não de imediato. Sempre há o que pensar, na verdade estão sempre valorizando o que quer que lhes pertença. Ficou de conversar com a mulher e mandar chamá-lo mais tarde: decorreram mais dois meses até que Silvano se dignasse a conversar e responder ao rapaz que já estava aflito, pois teria que ter a resposta para ver se aceitaria ou não o emprego oferecido.

É muito interessante de se ver como é feita a comunicação entre essas pessoas. Nunca se vê ninguém, passa-se muito tempo para que apareça um vivente, mas as notícias correm como fogo no capim em época de seca e dia de vento. Entretanto, a última pessoa a saber do pedido foi a própria Lucinda, que tomou conhecimento deste por uma amiga de escola; esta, por sua vez, escutara a novidade numa prosa entre sua mãe e uma comadre. As crianças não participavam das conversas entre adultos, muito embora às vezes se tratasse até de seus próprios casamentos: eram crianças e não deveriam dar opinião sobre o assunto. Eram ignoradas como se fossem surdas; contanto que não interferissem, podiam ficar nos arredores tratando de suas brincadeiras ou de algum serviço. A amiguinha chegara desconversando para ver se arrancava alguma confidência de Lucinda, que não estando a par de nada só disse que era mexerico do povo sem ter o que fazer.

Naquele dia, tomou o ônibus mais avoada ainda. Durante um período após a visita de Agenor tinha pensado muito nele, nunca havia visto assim de perto um moço bonito daquele jeito. Lembrava-se de cada detalhe da visita, dos olhares trocados, do cumprimento frouxo, das encostadelas na carroça. Entretanto, nunca mais tivera notícias do rapaz. Apesar de ter se lembrado de que a mulher que fazia a limpeza na escola era irmã dele, jamais lhe passaria pela cabeça se dirigir a ela para perguntar alguma coisa.

Com o passar do tempo, as lembranças foram se esmaecendo e o sentimento forte do começo se transformou numa saudade conformada; achava que tudo fora ilusão de sua parte, que o moço nem tinha reparado nela de verdade. Enquanto isso, a força da natureza ia esculpindo seu corpo em formas cada vez mais femininas; a menina foi se encorpando, as cadeiras cada vez mais fortes e os seios já muito desconfortáveis dentro da blusa. Estava meio palmo mais alta do que a mãe, o que a deixava muito orgulhosa. A cintura permaneceu fina e Lucinda já poderia ser reconhecida como brasileira em qualquer lugar do mundo.

Nas poucas conversas que tinha com as amigas, ficou sabendo que com as outras tinha acontecido o mesmo, todas sangravam regularmente uma vez por mês, era normal, absolutamente natural, acontecia com todas as mulheres do mundo. E era a partir daí que as mulheres ficavam aptas terem bebês. Percebia também que, como ela, se tornavam mais choronas e irritadiças às vezes, outras davam gargalhadas sem sentido e podiam ficar horas a fio insistindo num mesmo assunto; achavam que as mães tinham se transformado de uma hora para outra em inimigas mortais, sempre recriminando e proibindo tudo. Entretanto, havia uma coisa da qual ninguém falava e ela seria a última a comentar: aquela aflição que sentia principalmente ao cair da tarde no banho de rio ou durante a noite na hora de dormir, sozinha na cama ao lado dos irmãos. Tinha uma necessidade de ficar tocando os seios, especialmente os bicos doloridos e intumescidos e partes de seu corpo que sempre tinha achado nojentas, mas que agora causavam nela uma sensação gostosa. No fundo, achava que tudo isso devia ser errado, pois ninguém nunca tocava no assunto. Apegou-se mais uma vez à sua fé e rezava muito. Outra coisa que percebeu foi a mudança de atitude nos homens com relação a ela. Amigos de seu pai que a ignoravam no passado agora faziam questão de vir puxar assunto sempre dando um jeito de se encostar nela, o que muito a irritava, uma vez que sentia asco de todos eles. Os garotos da escola, que não suportavam a presença de meninas em seus jogos e brincadeiras e só faziam provocá-las, tinham mudado completamente e se ofereciam para completar o time de vôlei ou mesmo jogar bola. Lucinda era a mais assediada, não porque fosse a mais bonita. Em sua opinião, tinha a Dorinha — Maria das Dores —, com uma carinha de anjo, muito franzina e branquinha, linda mesmo, uma bonequinha, mas que não fazia o menor sucesso, ela não entendia por quê.

Ao chegar em casa naquele dia, sua mãe mandou que ela esperasse o pai, que queria falar com ela. Mil coisas passaram por sua cabeça, pois seu pai nunca conversava com os filhos, no máximo dirigia algumas palavras de ordem e só. Alguma coisa de muito errado ela havia feito, nem ousava imaginar o que seria. Sentia um calor misturado com calafrio e um vazio no estômago. Olhava para a mãe na esperança de socorro, mas esta parecia muito à vontade.

Capítulo XXV

O pesadelo se torna real

Mafalda estava começando a se irritar com a demora de Bruno. A esta hora, já haviam perdido a consulta no médico. Alguma coisa lhe pareceu esquisita quando a mãe e a irmã desceram do carro à sua frente, ainda mais quando viu suas caras descompostas. Logo imaginou que algo houvesse acontecido a seu pai, pois há algum tempo ele vinha apresentando problemas cardíacos e pressão alta. Quando as duas a abraçaram e começaram a soluçar convulsivamente, Mafalda procurou acalmá-las. A verdade é que nenhuma das duas conseguia criar coragem para dizer a ela o que tinham ido dizer.

Finalmente, Mafalda resolveu entrar no carro e dirigir para o hospital não longe dali, ao qual sua mãe conseguira se referir. Foi em vão sua tentativa de arrancar o que quer que fosse que acontecera a seu pai. A cada pergunta que fazia, só piorava o estado de desespero das duas. Mafalda, muito controlada até ali, começou a se desesperar também ao estacionar na entrada, onde o pai se encontrava à espera delas. Nesse instante, já muito assustada, começou a perguntar por Bruno, quando viu o marido jogado num sofá, completamente transtornado. Ele se levantou e a abraçou, e tudo começou a fazer sentido, ou melhor, a perder o sentido. A verdade começou a forçar caminho em seu peito, mas ela ainda esperava que alguém afugentasse os seus temores. O médico, ao lado de Bruno, já estava preparado com um comprimido na mão e pediu que ela o tomasse. Mafalda deu-lhe um safanão e gritou, pedindo que alguém lhe dissesse onde se encontrava a filha.

Via tudo em câmera lenta. Sentia o sangue pulsar forte nos ouvidos, no estômago borboletas voando, na coluna os feixes de nervos eriçando as costas, o peito se afundando e doendo. Sabia que estava gritando, mas não escutava nem sua própria voz nem as das outras pessoas que foram se aglomerando em torno dela. Urrava e se debatia enquanto o marido a amparava; via sua irmã tão linda com os olhos vermelhos e a boca aberta, seu pai sempre contido olhando para ela com um olhar de comiseração e abraçado à mãe, que tinha o rosto coberto de lágrimas, mas com uma expressão de compreensão: era a única que tinha a verdadeira dimensão do que estava acontecendo com sua filha e a acompanhava no sofrimento.

Agora tudo era calma. A paz a invadiu e ela entrou numa zona clara e tranquila. Estava saindo do pesadelo e acordando suavemente de um sono profundo. Puxou as cobertas para o pescoço e se aconchegou, se dobrando e virando de lado na cama tão limpinha. O que a incomodava um pouco era o cheirinho de desinfetante. Tinha aprendido com uma amiga a perfumar os travesseiros, mas não sentia o odor de lavanda. As pálpebras estavam pesadas e ela tentava lembrar onde estava.

Não parecia sua cama. Talvez estivesse em algum hotel. Por algum motivo não queria acordar e se forçava a dormir novamente, mas quanto mais ela teimava, mais ia saindo do torpor e tomando consciência do ambiente à sua volta. O ar em seu rosto estava gelado e o barulho do ar-condicionado a incomodava. Sim, com certeza não estava em sua casa, pois no máximo do calor ela nunca ligava mais que o ventilador, não gostava da secura que o condicionamento de ar acarretava.

Sabia que havia alguém junto dela, sentia uma presença forte, mas mesmo assim se negava a abrir os olhos. Uma porta se abriu e alguém se aproximou tomando seu braço; ainda assim ela se recusou a abrir os olhos. Havia por ali uma realidade que ela não queria enfrentar, e enquanto não abrisse os olhos nada aconteceria, pensava, mas os outros sentidos já haviam despertado e iam captando mensagens do exterior, não podia tampar os ouvidos e deixar de escutar uma voz desconhecida lhe perguntando se estava acordada enquanto suavemente fazia pressão em seu braço.

Era uma moça muito bonita, toda vestida de branco e sorrindo para ela suavemente ao perguntar como ela estava se sentindo. Quando Mafalda começou a responder que estava bem, tudo em seu cérebro explodiu. Lágrimas começaram a brotar aos jorros de seus olhos; a boca, se enchendo de uma saliva viscosa, não conseguia emitir a pergunta cuja resposta ela tanto temia. Imediatamente, a presença que ela sentia se aproximou e a abraçou: era sua mãe, que dizia baixinho em seu ouvido.

— Calma filhinha, por favor, não fique assim. Tudo vai passar, estou aqui para ajudar você.

— Mãe! — gemeu Mafalda. — Cadê meu bebezinho, traga ela para mim. Por favor, mamãe. Estou com tanto medo, me ajude, faça alguma coisa.

A mãe começou a niná-la, a balançar suavemente sua menina, sabendo que nada havia que ela pudesse fazer para arrancar aquele monstro de dentro do peito da filha.

Capítulo XXVI

Fugindo da realidade

A casa estava escura quando eles entraram. Pareciam cinco zumbis, caminhando no vácuo. A única pessoa que mais se assemelhava a um ser humano era Mônica, a irmã de Mafalda, ainda quase adolescente. Parecia que a pouca idade favorecia a superação. Para os jovens as emoções são sempre supervalorizadas, mas também transitórias: como fogos fátuos, rapidamente se diluem. Foi Mônica quem se adiantou e fechou a porta do quarto do bebê antes que a irmã passasse por ele, evitando assim o choque do vazio da ausência de Renatinha.

— Venha, Fada — era assim que a irmã mais nova a chamava. Tinha a princípio uma dificuldade em dizer o nome e mais tarde desistiu, pois achava que não combinava com a mana.

A manhã tinha sido infernal. Escolher o vestido, ver o caixão tão pequenino sumindo dentro da terra. Mafalda queria que todos fossem embora, mas ao mesmo tempo tinha muito medo, sabia que teria que continuar vivendo e isso era tudo que não queria. Enfrentar a realidade era uma tarefa sobre-humana; enquanto tivesse coisas diferentes para fazer, decisões para tomar, ainda era possível, mas entrar na rotina seria insuportável. Nem se jogar no trabalho seria viável; nunca mais voltaria àquele ateliê horrível onde sua bebezinha tinha deixado de existir.

O vento soprava forte e a chuva caía desatinada. Mafalda não podia deixar de pensar que sua menina estava sozinha, presa, com a água suja escorrendo por todos os lados. Tentava racionalizar, mas não conseguia. Estava calada, com o olhar perdido, enquanto todos olhavam para ela. Os pais de Bruno ainda não haviam chegado, pois por falta de teto o avião tivera que pousar em outra cidade e estavam vindo de táxi.

Ela sabia que precisava ajudar o marido, que estava ainda mais desnorteado do que ela. A visão de sua menina sem vida em seus braços não o abandonava um segundo. A exaustão fez finalmente com que Bruno adormecesse ali no sofá, sob o olhar compadecido da esposa. Mafalda sabia que dali em diante nada para eles seria igual. Sabia também que o coração de sua mãe estava em frangalhos, e que assim mesmo ela se preocupava em tentar amenizar o sofrimento da filha; a toda hora lhe oferecia um chá com biscoitos ou um copo de água.

Bruno acordou assustado depois de um cochilo de cinco minutos e Mafalda se ofereceu para acompanhá-lo ao quarto, onde descansaria melhor. Os pais podiam ir se quisessem.

Depois de ficar por várias horas na cama, Mafalda resolveu se levantar e ir ao quarto de Renatinha. Sentia medo, mas ao entrar estava calma. Afinal, nada havia de pior para acontecer. Resolveu separar as coisas da menina que doaria para instituições de caridade. Fez vários pacotes e etiquetou todas as roupas e quase todos os brinquedos. Por fim, pegou o radinho de corda que tinha ganhado de Bruno no dia em que havia comunicado a ele sua gravidez. Tentou dar corda, mas a mola estava quebrada; lembrava-se claramente da música, uma valsinha francesa que tinha dançado em sua festa de quinze anos. Ficou imaginando qual seria a criança que receberia esse brinquedo, o favorito da filha, mas que já nem funcionava mais. Sua tristeza, que já parecia infinita, aprofundou-se ainda mais. Em voz alta ela perguntou:

— Quem, meu Deus, vai ficar com isto? Ninguém sabe o valor que este brinquedo tem.

Nesse instante, se apagaram as luzes do *hall* e do quarto. Mafalda sentiu a presença da filha e gritou.

Bruno se levantou assustado e saiu pelo corredor, acendendo todas as luzes pelo caminho. Quando chegou ao quarto, bateu no interruptor diversas vezes mas este não respondeu. Chamou a mulher, que soluçava convulsivamente dentro do quarto. Ajoelhou-se diante dela, iluminada somente pela luz que vinha de fora, e a abraçou, enquanto Mafalda balbuciava:

— Não vou dar este para ninguém, vai ficar comigo até que eu a encontre de novo.

A luz voltou e Mafalda prosseguiu:

— Ela está aqui. Está respondendo que quer que eu guarde este brinquedo.

Bruno não sabia do que ela estava falando, mas procurava acalmá-la tirando seu cabelo do rosto e acariciando sua face. Finalmente, começou a chorar também, e o dia os surpreendeu dormindo abraçados no chão.

Capítulo XXVII

O pedido

Lucinda estava aterrorizada. Tinha medo do desconhecido. Estava acostumada às broncas de sua mãe e até mesmo a levar beliscão, apesar de já fazer tempo que a mãe andava mais tranquila, pelo menos com ela. Os pequenos ainda levavam muito safanão e era incrível, mas isso em nada diminuía o amor e carinho que sentiam por ela. Já com o pai o relacionamento era diferente, não havia muita conversa; ele, aliás, raramente dirigia a palavra aos filhos, somente o necessário.

Quando Silvano chegou em casa, Lucinda já estava sentindo até dores nas pernas de tanta tensão; as mãos estavam suadas, tremia e sentia frio. O pai, entretanto, parecia até bem satisfeito. Passou por ela como de costume e foi conferir as panelas.

— Lucinda, você vai se casar com Agenor — disse o pai, sem nenhum preâmbulo e nem ao menos olhar para ela.

Lucinda escutou, mas não esboçou nenhuma reação. Primeiro por duvidar se teria escutado direito, depois por saber que de qualquer maneira a voz não sairia, devido ao estado de nervos em que se encontrava. Quem quebrou o silêncio foi dona Luzia.

— Agenor pediu você em casamento ao seu pai. Apesar de eu achar ainda muito cedo, penso que é um bom rapaz e você não pode perder essa oportunidade. Ele foi convidado para trabalhar na nova fazenda de uns paulistas e não quer ir sem mulher para lá.

Lucinda, ainda atordoada com tudo, não havia movido um dedo; somente os olhos, que a princípio estavam baixos, olhando para o chão, é que se arregalaram em direção à mãe. O pai ela não tinha coragem de encarar.

— Você entendeu o que eu disse? — perguntou o pai. Vamos deixar claro aqui que os filhos de Silvano gostavam muito dele, admiravam o pai. Simplesmente, não tinham intimidade com ele. Lucinda simplesmente balançou a cabeça, ainda sem olhá-lo de frente.

— Pode se preparar porque tem que ser para logo — disse Silvano, agora se dirigindo à mulher.

— A menina vai precisar de algumas coisas para levar — ela disse.

— Já pensei nisso. Você fala com o padre e ele com a carolada, arruma alguma coisa.

— Sente aqui, Dinha — disse a mãe, que muito raramente usava o apelido para se dirigir à filha.

— Vamos ver do que você vai precisar. Para a cozinha, três panelas, uma colher de pau e duas para vocês comerem. Dois pratos e dois copos, uns panos velhos para a limpeza. Vamos ver se consigo algumas roupas também.

A pretexto de enrolar e fumar seu cigarro de palha, Silvano já tinha se retirado para o terreiro. Queria deixar as mulheres prosearem a sós, interessante, era a primeira vez em que pensava na filha como mulher. Os pequenos brincavam no alpendre incrivelmente quietos. *Logo*, pensou ele, *essa paz vai acabar, já, já, começa o arranca-rabo entre os dois.*

O homem rústico estava na verdade emocionado. Imaginava estar ainda longe o dia em que sua menina sairia de casa. O tempo passara tão rapidamente... Depois precisava perguntar a Luzia quantos anos tinha mesmo a filha. Podia escutar a mulher falando, mas não conseguia, nem queria saber do que se tratava.

— E o vestido de noiva? — O primeiro pensamento de Lucinda era como iria se apresentar na igreja, tão inexperiente, era uma preocupação tão fútil. Nem passava por sua cabecinha oca que sairia de casa para viver com um desconhecido. Deixaria a mãe, os irmãozinhos, a segurança que conhecia. Imaginava que o trabalho pesado que encontraria pela frente seria como brincar de casinha, não se dava conta do peso do serviço que a mãe encarava todos os dias.

— Deixe de bobagem, menina. Isso não é importante. Você pode pôr o vestido que usou na festa da Santa. Vamos perguntar ao moço se dá para esperar até você terminar a escola, faltam dois meses, enquanto isso podemos arranjar as coisas para você levar. Tenho que falar com você de umas outras coisas, mas isso fica para depois — disse Luzia, postergando o momento em que teria que falar com sua filha sobre "os fatos da vida". —Agora me ajude aqui a terminar com essas vasilhas que já estou no prego e quero ir para a cama.

Lucinda ainda estava incrédula. Seria possível o que estava acontecendo? Então o moço não tinha se esquecido dela. Tinha um sorriso nos lábios, mas sentia vergonha, tinha medo de que a mãe visse, então ficava desviando o rosto para disfarçar. Naquela noite ficaria horas acordada, pensando.

— Vou pegar as roupas da corda — disse Lucinda, com a intenção de ficar sozinha. Saiu pela porta da frente, o que não era usual. Não queria encontrar o pai, estava muito envergonhada. Foi direto para o riacho e se sentou em sua pedra. Cada um dos irmãos tinha há muito tempo escolhido uma e isso era motivo de discussão entre eles, que sempre davam um jeito de ocupar a pedra do outro só por provocação.

Estava tão atordoada que nem conseguia pensar direito. Tudo tinha saído bem melhor do que o desejado; entretanto, estava inquieta e insegura. Pela primeira vez, imaginou sua vida longe de casa, sem sua família. Ficou triste por ter que deixar os irmãozinhos, a mãe tão amorosa e a segurança que o pai lhe passava. Entretanto, adolescente que era, logo se deixou levar pelo romantismo, idealizando uma vida feliz ao lado daquele moço tão bonito.

A mãe a chamou, dizendo que ela estava demorando, mas ainda emocionada, sem berrar como de costume. Lucinda levantou-se correndo e puxou toda a roupa rapidamente, enfiando no cesto de qualquer jeito. Provavelmente rasgara alguma peça e num piscar de olhos estava com tudo na cozinha.

— Sua bênção, minha mãe.

— Deus te abençoe, minha filha.

Uma vez na cama, pegou no sono rapidamente, dormindo com os anjos como sua mãe sempre orientava.

Capítulo XXVIII

O encanto

O tempo passou muito depressa, e ao mesmo tempo como que em câmera lenta. O pai de Lucinda tinha permitido que Agenor fosse à missa aos domingos com sua filha e o resto da família e depois a acompanhasse até em casa onde almoçariam todos. No primeiro fim de semana da corte, os noivos mal se falaram. Quem se incumbiu de deixar a reunião mais animada foi dona Luzia, que tagarelava sem parar contando os preparativos da festa enquanto Lucinda permanecia calada e de olhos baixos. Somente na hora da despedida é que Agenor se dirigiu à moça e lhe estendeu a mão, que ela tomou sem se dignar a levantar a cabeça e logo se virou e saiu, apertada para ir ao banheiro.

No fim de semana seguinte, quando tudo parecia tomar o mesmo rumo, dona Luzia convidou todos a dar uma volta até o rio. Estendido na rede, Silvano roncava alto e foi deixado em paz, pois costumava acordar meio azedo e a molecada nem queria estar por perto quando isto acontecesse. Na beira do rio, as crianças rapidamente tiraram as roupas e pularam dentro da água, dona Luzia ralhando o tempo todo como de costume e a garotada a ignorando como sempre. Lucinda sentou-se sobre sua pedra e

Agenor ficou por perto, catando pedrinhas e jogando na água. Num dado momento, dona Luzia se dirigiu a Lucinda e pediu que ela mostrasse ao noivo a árvore que cruzava o riacho e nesta época do ano estava inteirinha florida com as orquídeas que a parasitavam.

Lucinda, já corada pela menção da palavra noivo, levantou-se calada e saiu andando, com Agenor a seguindo de perto. Andaram por uns quinhentos metros e logo depois de uma curva Lucinda apontou o dedo na direção de um galho que, de fato, alcançava a outra margem, carregado de flores rosadas. O coração de ambos batia freneticamente, pois era a primeira vez que se encontravam sozinhos. Podiam ouvir o alarido das crianças e os brados da mãe, o que até lhes dava privacidade, pois estavam bem cientes de sua solitude.

Agenor, aproveitando que a moça se encontrava de costas, admirou à vontade o corpo esbelto e os cabelos longos e dourados que se esparramavam pelos ombros. A pele estava coberta por uma fina camada de suor e de onde ele estava podia sentir seu cheiro. Todo o seu corpo pulsava. Com grande espanto percebeu que não era mais dono de sua vontade e foi andando devagar, com as folhas secas estalando sob os pés.

Lucinda, sabendo que ele se aproximava, sentia toda a penugem de seu corpo se arrepiando; não ousava se virar, pois sabia que o rapaz estava exatamente atrás dela. Podia ouvir sua respiração e o hálito quente no alto de sua cabeça. Sentia também o cheiro forte que ele exalava, e num misto de medo e ansiedade estremeceu ao sentir o toque da mão em sua cintura.

Agenor a tocou muito de leve e foi aumentando a pressão, para ver até onde a moça permitiria seu assédio. Lucinda estava paralisada pelo medo e por outra sensação que não podia definir, e que a lembrava daquela agonia nas noites quentes em sua cama quando sentia um não-sei-o-quê, uma vontade de se abraçar. Agenor deu a volta e se postou na frente dela. Colocou sua mão sob o queixo da menina e levantou sua cabeça. Lucinda a princípio manteve os olhos baixos, mas finalmente criou coragem para encarar o rosto tão próximo do seu. Quando o fez, Agenor mergulhou seu olhar naquele lago translúcido e tranquilo; cativo daquele ímã, aproximou o rosto. Foi se chegando devagar e encostou os lábios ressequidos naquele botão de flor que se confundia com as orquídeas que encimavam suas cabeças.

Lucinda, que estava com a respiração presa havia já algum tempo, afastou-se um pouco para tomar ar e também se refazer um pouco. Ainda com sua mão sob o queixo da moça Agenor se aproximou novamente; com a mão livre, aproveitou para rodear as costas e prendê-la melhor. Voltou a encostar seus lábios nos dela, que agora já não refugava mais. O beijo foi muito breve e pode-se dizer, até casto: teve a duração de um bater de asa e a leveza de um beija-flor, e também uma magia que jamais seria esquecida pelos dois. A lembrança desse beijo acompanharia a moça pelo resto de sua vida e seria seu lenitivo nos tempos difíceis. Lucinda mirou fundo nos olhos de Agenor e parecia que iria sucumbir naquele exato momento, mas girou e saiu correndo com a agilidade de sua juventude e de sua familiaridade com aquela beirada de rio. Foi direto para casa e dali só saiu quando escutou Agenor se despedindo de sua mãe. Ainda o ouviu dizer que no próximo domingo não viria, pois tinha um trabalho pesado na fazenda dos paulistas, mas comprometeu-se para dali a quinze dias.

Agenor saiu muito sisudo como de costume e rapidamente sumiu no cerrado. Quando sentiu que não poderia mais ser visto, começou a correr e a pular no meio da estrada. Estava meio bobo; não costumava agir assim e em meio aos giros e aos beijos que dava em sua própria mão, gargalhava de felicidade. Não havia no mundo inteiro naquele momento um homem mais feliz que ele. Começou a transpirar profusamente, foi diminuindo o passo e simplesmente caminhando ligeiro para ter jeito de raciocinar. Os olhos profundos de sua noiva não saíam de sua frente enquanto ele andava gritando: "minha mulher!" Procurava em vão se lembrar da voz dela, mas não se recordava de tê-la ouvido falar nem uma vez. Ia se casar com uma moça, viver com ela o resto de sua vida e ainda não tinha ouvido o som de sua voz. Na próxima vez em que se encontrassem, sua maior preocupação seria justamente essa: ouvi-la pela primeira vez. Enquanto isso, Lucinda estava tentando se refazer do susto. Aos poucos serenou e prometeu a si mesma pensar em tudo o que sucedera durante a noite. O dia custou a passar e ela estava ansiosa, ralhava a toda hora com os irmãos, que teimavam em abespinhar sua vida. Do pai guardou a maior distância possível, pois achava que no instante em que ele a mirasse saberia de tudo e nem queria pensar nas consequências, mas por incrível que pareça não estava nem um pouquinho arrependida. Se fosse preciso, repetiria tudo igualzinho. Em relação à mãe, uma coisa lhe dizia que ela sabia exatamente o que tinha acontecido e não estava brava com ela, pelo contrário, a toda hora puxava prosa, falando sobre o enxoval, e isto e aquilo.

Capítulo XXIX

O enxoval

Seguindo as recomendações do marido, a mãe de fato conversou com o vigário, que providenciou tudo o que a menina precisaria e muito mais. Para montar uma cozinha puderam contar com a famosa dona Lurdes banqueteira, que adorava repassar artigos usados para adquirir novidades na cidade e se ofereceu também para ajudar dona Luzia com o preparo da festa, além de umas lições de culinária para a noivinha. Lucinda quase se pôs louca com os ensinamentos de uma vida inteira transmitidos em tão pouco tempo. Dona Lurdes, muito simpática, além dos pratos salgados e doces ia ensinando as utilidades de ervas, cascas de árvores e madeiras nas infusões para todos os tipos de mazelas. Do buriti, por exemplo, palmeira abundante no cerrado, tudo se aproveitava. Só sua presença já era indício de que no local existia água, mas disso Lucinda já sabia; e acabava de aprender o que era possível fazer com as folhas, desde a cobertura de casas, vedando completamente a penetração de chuva, até redes, cordas, tapetes, bolsas e tudo o que a imaginação permitisse. Lurdes ensinou que da polpa da fruta seca e raspada — alimento favorito das araras azuis de barriga amarela que colorem o céu nos finais de tarde, anunciando sua liberdade num pio estridente — saíam sucos e doces deliciosos. A quituteira sabia também das propriedades abortivas da raiz, mas resolveu deixar esse assunto por conta da mãe da garota.

Até aí a menina conseguiu guardar, mas dona Lurdes metralhava sem parar: do pau do tingui se faz ótima lenha para o fogão, dá fogo mais quente e a madeira custa mais para queimar, portanto rende mais; da sua fruta pode-se fazer sabão, que usado com a folha da sambaíba serve para arear as panelas, sendo uma palha-de-aço natural; a polpa do pequi é usada no arroz, difícil é conseguir retirá-la sem ferir as mãos com os espinhos que a envolvem. Lucinda começou a ficar zonza, então deu um jeito de deixar o resto dos ensinamentos para depois do casamento, prometendo que faria uma visita loguinho.

Dona Luzia era pessoa muito querida e nunca negava seus préstimos quando solicitada, portanto não foi nada difícil para o padre arregimentar voluntárias para o evento. As carolas da igreja providenciaram rapidamente um enxovalzinho de roupas usadas, coletadas entre as famílias de fazendeiros; depois de organizada uma "vaquinha" puderam comprar dois jogos de cama, quatro toalhas de banho e uma de mesa. Já não havia nenhum impedimento para que as núpcias se realizassem.

Dona Zefa se prontificou a fazer os ajustes necessários no vestido que Lucinda usara no dia de Nossa Senhora. Não via a hora de deitar suas mãos naquela preciosidade, que não passara despercebida a seus atentos olhos de costureira. Cortou as mangas na altura dos cotovelos e colocou um elástico para ajustá-las; precisou de uma barra postiça para que o vestido atingisse o comprimento adequado e como que por milagre a medida foi atingida, quase não havia mais tecido: a menina havia crescido uns dez centímetros desde a festa da padroeira. Acinturou um pouco na altura da blusa e aproveitou o cordão que cingia a cintura para ornamentar a faixa, feita com os restos das mangas. Emprestou ainda uma anágua de tule para dar certo volume à saia e aproveitou umas flores de seda, sobras de um enfeite de mesa, para fazer uma grinalda e emoldurar o véu.

Lucinda estava encantada com as reformas. Pensou em usar os sapatos ainda novinhos que tinham vindo na caixa encantada, mas quando foi calçá-los, justamente na hora do casamento, percebeu que faltavam pelo menos dois dedos para que os pés entrassem. Ficou desnorteada quando sua mãe sugeriu que usasse seu chinelo de dedo, de maneira nenhuma iria usar aquele calçado no dia de seu casamento... Além de ser verde-bandeira estava completamente surrado, tendo um quase furo no dedão e uma tira solta amarrada com barbante. Dona Zefa veio em seu socorro. Prontamente tirou a sandália do pé e ofereceu à noiva, que a princípio fez um pouco de fita mas acabou aceitando por falta de alternativa. Apesar de um pouco apertada, pelo menos tinha uma cor meio neutra e quase desaparecia debaixo do vestido.

Capítulo XXX

O casamento

No dia do casamento, Mafalda, que espiava de longe, achou tudo muito destoante de seus antigos padrões urbanos; mas o importante, o que ela queria e já tinha conseguido, era unir aqueles dois. Agenor, com o terno doado pelos novos patrões, não ficava nada atrás da noiva reciclada. Positivamente a roupa havia pertencido a alguém um pouco mais alto e de ombros mais estreitos. A barra da calça tinha sido feita por dona Gi com uns pontos que dava para se ver de longe, o paletó continuava bem mais comprido do que deveria e o que piorava tudo era o bendito terno ser de uma seda meio brilhante, parecendo um ouro velho. Para uma festa à tarde, com um solão de rachar mamona, o casal pareceria patético, não fosse o sorriso de Lucinda clareando tudo, em franco contraste com a sisudez do noivo. O bicho do mato, apesar de muito feliz com sua noivinha, não gostava de ajuntamento e muito menos de chamar a atenção, tanto é que assim que pôde, logo depois do almoço, safou-se rapidamente.

O salão da igreja havia sido decorado com adereços recolhidos por ali mesmo nas fazendas: cabaças, flores secas, cordas e algum pó dourado, nas mãos de dona Lurdes e suas ajudantes, transformavam-se em arranjos maravilhosos. Havia um clima de harmonia. Até dona Gi estava de muito boa vontade e resolveu ficar em seu canto, acompanhada pela filha, sem criar caso com ninguém. Ainda não tinha conhecido a noiva de seu filho, mas estava decidida a ajudar em tudo o que estivesse ao seu alcance; já programava até se mudar imediatamente para a fazenda nova dos paulistas, pois assim ficaria mais perto do casal e aconselharia a mocinha em tudo.

Agenor tinha aceitado a decisão da mãe, mas sua irmã já o aconselhara a tirar essa ideia da cabeça da bruaca. Conhecia o gênio da megera e estava convicta de que a paz não reinaria por muito tempo. Lucinda, muito ingênua ainda e na expectativa de agradar o marido, tinha se declarado satisfeita com a companhia da sogra.

Vieram amigos de todas as partes. A família de Lucinda era muito querida e Agenor, apesar dos modos rudes, cativava a todos por sua integridade e lealdade. Seu ex-patrão compreendera perfeitamente a decisão dele de sair do emprego e se tornar capataz. Sempre soubera que o moço progrediria rapidamente na vida, tanto é que mandou matar uma rês, dois porcos e uma dúzia de frangos para a festa de casamento. Conhecia a família de Agenor havia já muitos anos, o rapaz era ainda menino de colo.

O ponto alto do almoço era o bolo de casamento. Dona Lurdes caprichara realmente: não era sempre que tinha a oportunidade de apresentar seu talento. Além de delicioso, estava decorado de maneira absolutamente nova, nunca ninguém tinha visto uma cobertura tão lisinha que mais tarde ficaram sabendo tratar-se de um glacê tipo americano, todo enfeitado com guirlandas de folhas e flores comestíveis.

Os doces, que havia em quantidade, tinham sido preparados durante dias pelas amigas de dona Luzia com os ingredientes da região: foram dúzias e dúzias de ovos, frutas da estação e alguma coisa mandada vir da cidade. Para decorá-los, até um tal *spray* dourado comestível ela tinha encomendado em São Paulo. Seus docinhos pareciam joias. Dona Gi achou aquilo um encantamento, e pensando tratar-se de ouro puro deu um jeito de ir guardando quantos podia em sua bolsa, especial para essas ocasiões, uma sacola onde ia armazenando tudo que depois consumia durante dias: comia muito pouco e de modo nenhum dividia seu butim com alguém.

A carolada, que já conhecia a aproveitadora há muitos anos, começou a cochichar, e enquanto algumas riam, outras faziam cara de zangadas. Dona Lurdes, ao tomar conhecimento do que estava acontecendo, dirigiu-se célere à mãe do noivo para lhe passar uma carraspana. A jararaca prontamente se encolheu, armando o bote que pretendia dar. Apesar de muito mais forte, dona Lurdes não era dada a contendas físicas, costumava golpear somente com sua língua afiadíssima:

— Então, dona Gilete, pretende acabar com os doces e não deixar nada para os outros?

Dona Gi detestava o próprio nome e fazia questão de deixar muito claro, para quantos quisessem ouvir, que a própria mãe fizera isso por odiá-la. Sua mãe, muito mocinha na época de seu nascimento, nem sabia que se tratar de uma lâmina de barbear, simplesmente achava bonito e assim nomeou a menina.

Nesse instante até a música tinha cessado; os noivos já tinham se retirado e a festa estava por terminar, mas havia ainda muita gente reunida. Ao ouvir seu nome pronunciado em alto e bom som, pois dona Lurdes possuía uma belíssima caixa torácica, dona Gi, que estava encolhida e retesada, saltou de sua cadeira como uma mola, com a mão espalmada em direção à cara larga da mulher à sua frente. Dona Lurdes nem esboçou reação: era uma mulher pacatona e se movia com dificuldade, devido ao excesso de peso que anos e anos de boa comida foram acumulando em torno de sua cintura. Quando a bofetada estava a ponto de se consumar, dona Gi já tendo sentido as pontas de seus dedos tocarem de leve na face da antagonista, uma mão fortíssima segurou seu braço pelo punho e puxou com energia, unhas afiadas se encravaram na pele e rapidamente quatro pontos de sangue brotaram pelos ferimentos.

Dona Gi, que estava desequilibrada na intenção de que todo o pouco peso de seu corpo caísse em cima de dona Lurdes, tropeçou no pé desta e caiu de joelhos, os cabelos jogados nos olhos não deixando que ela visse quem a impedira de castigar merecidamente a atrevida que a insultara. Rapidamente ela se levantou, afastou as sebosas melenas para encontrar os verdes olhos de gato de Juliana faiscando de ódio, pois amava verdadeiramente a quituteira que com tanta amizade a acolhera quando chegou a Buritis.

Juliana tinha sido apelidada pela própria dona Lurdes de Juju Carabina, e fazia jus ao nome. Dona Gi, ainda furiosa, fez menção de atacar a moça, mas logo percebeu que não teria chance numa contenda contra ela. Resolveu o assunto bem à moda dos covardes: lançou alguns impropérios e se afastou com o rabo no meio das pernas, sob o olhar e a postura amedrontadores de Juliana. A magricela se afastou meio recurvada e, quando se deu por vencida, ainda pôde ouvir a gargalhada arregaçada da moça acompanhada por quantos restavam no salão. Até o padre, que não pretendia se tornar cúmplice de fanfarronices dentro do perímetro da igreja, tentou disfarçar o riso e começou a tocar os que ainda relutavam em sair.

Dona Lurdes convidou todos a irem para sua casa, onde pretendia continuar a festa. Pediu aos músicos que a acompanhassem e o cortejo seguiu por dois quarteirões até alcançar seu destino. Iam gargalhando pelo caminho e aumentando cada vez mais a história. Quando chegaram, o fato já tinha se transformado em pancadaria generalizada.

Dona Gi ainda podia escutar a cantoria na casa de sua agora inimiga mortal. Amargava uma raiva incomensurável. Dona Lurdes, e principalmente aquela enxerida da Juliana, haviam de pagar pela afronta feita no casamento de seu próprio filho. Seu consolo foi que o rapaz já havia se retirado e não presenciara o vexame, embora não tivesse dúvidas de que naquele dia mesmo ele tomaria conhecimento do ocorrido. Naquele vilarejo, as notícias corriam como rastilho de pólvora ou fogo na palha do capim na época da seca.

Ainda por cima, estava inconformada por ter esquecido, na correria da saída, sua famosa sacola recheada de tantas coisas lindas e deliciosas. Não se atrevia, porém, a ir à igreja buscá-la; corria o risco de que alguém no caminho fizesse um comentário e ela não se responsabilizaria por seus atos. Enfiou-se no quarto, de onde escutava os barulhos da enteada na cozinha — sabia que Juselda não lhe dirigiria a palavra por alguns dias, na certeza de escutar uma resposta atravessada — e pôde finalmente dar vazão à sua raiva socando com fúria as muitas puídas almofadinhas amealhadas por anos. Aos poucos, começou a soltar uns sons guturais que se transformaram finalmente em gritos lancinantes. Lágrimas, com certeza, aliviariam sua mágoa, mas desde a morte da filha recém-nascida nunca mais vertera uma só. Tinha raiva também por não ser mais aquela mulher que todos temiam, e com toda a razão. Nunca antes havia retrocedido numa contenda, e não tinham sido poucas; nenhuma mulher a tinha enfrentado antes, somente os homens eram páreo para ela em coragem e atrevimento. Foi se aquietando, enquanto arquitetava em sua cabeça o plano que a vingaria.

Capítulo XXXI
Enfim sós

Agenor e Lucinda seguiram de carroça até seu novo lar. Iam calados, ainda sem intimidade nenhuma. As rodas no seu óinn-óinn, o morno da tarde e o balanço do veículo foram hipnotizando Lucinda. Ela tinha a cabeça povoada de sonhos, imaginava como iria arrumar sua casinha. Levava consigo seu enxoval e ainda não tinha visto o lugar onde iria morar. A bagagem se reduzia a uma sacola com seus pertences, que eram muito poucos. Sua mãe dera a ela seus dois vestidos que não lhe serviam mais. Além do vestido de noiva e da sandália que teria de devolver, levava somente mais um par de chinelos de dedo, um vestido que tinha sido de dona Lurdes — que o entregara com dor no coração, na certeza de que nunca, jamais entraria dentro dele novamente, nostalgia de um tempo em que era magra e ainda assim era imenso para a recém-casada —, seu missal e o livro de contos de fada. Levava também uma trouxa feita de um lençol velho onde estava o enxoval.

O que sabia da casa — é que era obviamente novinha, tinha dois quartos, um banheiro dentro, uma sala e uma cozinha — era somente através de sua mãe, que tinha conversado com os pedreiros. Só de pensar que teria uma sala separada da cozinha onde conversaria horas a fio com o marido, toda enfeitada com sua toalha nova, chegou a sorrir. Muito tempo se passaria até que ela finalmente tivesse uma mesa onde colocá-la. Assim, o que havia na realidade dentro da casa era simplesmente uma cama e o fogão à lenha.

Lucinda foi entrando assim, meio sem jeito, constrangida, carregando seus pertences desajeitadamente sem nenhuma ajuda do marido. Desabou a bagagem com um gemido no meio da cozinha. A casa, de tão vazia, ecoava qualquer ruído. Percebendo que o marido havia saído, na intenção de desarrear o cavalo e guardar a carroça debaixo de uma cobertura de palha de buritis, foi se movimentando em silêncio, fazendo um reconhecimento. Observou que na cozinha, o cômodo em que se encontrava, já havia uma bancada onde poderiam comer, com mais um espaço onde poderiam colocar um banco; viu um quarto, um banheiro e mais um espaço que ela imaginou ser um pequeno depósito, jamais um outro quarto como haviam lhe descrito.

Abrindo a porta da cozinha havia um alpendre, de onde se podia avistar um vale magnífico. Quando fosse visitar a mãe traria umas mudas de flores amarelas para enfeitar suas manhãs, planejou. E estava ali sonhando quando Agenor lhe apresentou um machado e apontou um monte de galhos secos, murmurando alguma coisa que ela não escutou, mas depreendeu que deveria rachar lenha para o fogão. Já tinha feito esse serviço algumas vezes, mas simplesmente por curiosidade. Não sabia se conseguiria dar conta; dependendo da madeira, se fosse muito dura, certamente seria incapaz.

Demorou uma eternidade, mas finalmente, escolhendo entre os galhos menores, conseguiu reunir uma quantidade que achou suficiente para acender o fogo. Agora era colocar uns três pedaços maiores com espaço para passar o vento, acomodar uns mais fininhos e finalmente cascas de árvore e palha, finalmente riscar o fósforo, se aproximar da palha e assoprar de leve e *puff*, lá vinha a chama.

Sem saber bem o que fazer, resolveu desamarrar a trouxa. Começou a arrumar seus "trens" e distraída, abaixada, assustou-se ao ser agarrada por trás pelo marido. Agenor se apertava contra ela com força segurando suas coxas com os dedos rudes, machucando a pele delicada da mocinha. Ainda tomada pela surpresa, Lucinda não teve nenhuma reação. Somente tentou se desvencilhar quando a dor foi ficando muito forte, mas nessa hora Agenor começou a empurrá-la em direção ao quarto e à cama, sem nenhum colchão ou coberta. Chegaram ao catre aos trambolhões e tropeçando. Lucinda jogou-se como pôde, com as mãos em cima do estrado ao mesmo tempo em que rolava sobre o próprio corpo, tentando ficar de frente para melhor enfrentar o que quer que fosse lhe acontecer. Continuava sendo acuada pelo rapaz, que deitou-se sobre ela ao mesmo tempo em que levantou sua saia e arrancou sua calçola, rasgando com um puxão uma das três peças íntimas que a noiva tinha como enxoval. O rosto dele, úmido de suor, exalava um cheiro acre. Lucinda, que respirava fundo e apressadamente, com o coração disparado e os olhos arregalados, inalava inadvertida os feromônios que logo começaram a surtir efeito. Apesar de assustada, sentia uma lassidão e foi aos poucos amolecendo o corpo, se entregando à urgência do marido, que a apertava contra si. Percebeu certa movimentação de uma das mãos dele e escutou quando a fivela da cinta bateu na lateral da cama; percebeu que ele tinha abaixado as próprias calças até os joelhos e agora forçava as pernas dela, no sentido de abri-las. Por alguns segundos, Lucinda ainda conseguiu aguentar a pressão, mas cedeu espaço inevitavelmente e o rapaz se acomodou entre as coxas dela.

Seus sentimentos não poderiam ser mais desencontrados. Estava num turbilhão de emoções. Queria ao mesmo tempo que ele se afastasse e que continuasse ali, junto dela, com seu cheiro estranho. Sentia vergonha por estar sem calcinhas e com seu vestido levantado, mas pelo menos ele não estava vendo nada. Foi quando ela começou a sentir uma pressão sobre o púbis, e imaginou o membro endurecido do marido. Estava acostumada a ver animais copulando e cansada de ver o "piru" de seu irmãozinho quando lhe dava banho. Lembrou-se da orientação da mãe, que lhe havia dito para fazer tudo o que o marido mandasse.

O que quer que fosse, batia e empurrava com força mudando de lugar em seguida. Lucinda chorava e gemia baixinho, pedindo que ele se afastasse enquanto empurrava os ombros largos, que davam mostras de nem sentir sua força. As batidas cessaram quando finalmente aquela coisa dura encontrou uma parte macia, que cedia um pouco a cada avanço do rapaz. Lucinda se sentia umedecida, pela transpiração e também por outro fluido que às vezes encontrava em suas calcinhas. Desconfiava que era isso que o marido procurava e seguia insistindo, até que pareceu encontrar uma abertura pequena por onde se meteu.

Lucinda, que até ali lutava para se safar do incômodo, começou a se debater verdadeiramente conforme a dor aumentava. Agenor, entretanto, parecia nem se dar conta, tal era sua determinação. Depois de algum tempo a mocinha sentiu que algo se rompia dentro dela, dilacerando suas carnes. A dor foi tanta que ela inalou uma grande porção de ar e por uma fração de minuto permaneceu estática, enquanto ele continuava se movimentando cada vez mais freneticamente. Quando finalmente Lucinda soltou um urro, o moço estremeceu e se aquietou, soltando todo o seu peso sobre a mulher debaixo de si.

Lucinda agora chorava copiosamente, as lágrimas escorrendo em abundância por suas faces vermelhas. Num último esforço, empurrou Agenor para o lado: o rapaz se moveu facilmente e se afastou, levantou-se da cama e a deixou deitada com sua vergonha, sua dor e sua frustração.

A moça sabia que os seres vivos, pelo menos os que ela conhecia, se acasalavam na intenção de procriar, mas nunca havia notado tanto sofrimento por parte dos animais da fazenda. Pelo contrário, tudo parecia muito normal, assim como beber ou se alimentar. O pensamento de que teria um bebê a enterneceu, e até depois de a criança nascer não teria mais que se submeter a isso. Depois pediria ao marido, com muita delicadeza, para não terem mais filhos, pois o pensamento de passar por essa tortura novamente a deixava apavorada.

Todos os seus sentidos se alertaram, indicando que Agenor preparava qualquer coisa nas panelas. Passados quinze minutos,

o rapaz apareceu na porta do quarto encontrando a esposa aco-
corada no canto da cama. Lucinda percebeu no olhar dele um
misto de vergonha, arrependimento e pena, mas o marido simplesmente lhe disse que ela podia tomar um banho, pois a água
já estava aquecida. Levantou-se devagar; movia-se lentamente, já
que a dor ainda era grande e para fazer o menor barulho possível.
Esgueirou-se pelos cantos e, sem se fazer notar, pegou a trouxa
que tinha derrubado na cozinha perto da porta, puxou-a devagar
até o quarto e ali procurou uma roupa limpa para trocar, a toalha
e um pedaço de sabão.

Dentro do banheiro passou o trinquinho na porta, se des-
piu e começou a examinar o próprio corpo. As coxas, nos lugares
onde ele tinha apertado, estavam vermelhas e no dia seguinte estariam provavelmente cheias de manchas roxas. Viu também uns
arranhões pequenos, que deviam ser da unhas dele. A pele do
rosto estava ardida e vermelha pela esfregação da barba. O corpo
todo doía pela tensão e pela força que tinha feito, mas o pior de
tudo era sua genitália. De rosada que era, estava intumescida e
arroxeada, coberta de crostas de um sangue que já tinha coagulado e mais um pouco que ainda estava líquido. Abriu a torneira
e a água jorrou, fria a princípio. Lucinda aproveitou para lavar o
rosto, que aos poucos foi parando de latejar. À medida que a água
se tornava morna, foi banhando o resto do corpo com cuidado
e tirando o sangue das pernas; quando chegou às partes íntimas
sentiu muita dor, mas perseverou até que tudo estivesse bem asseado. Nesse ínterim, havia parado de sangrar e já se sentia melhor.
Lavou a cabeça com sabão, mas custou tanto para criar coragem
de sair que os cabelos secaram. Colocou um vestido limpo e como
um ratinho saiu do banheiro, ficando parada no umbral.

Sem olhar para trás, Agenor apontou para o prato com comida que havia preparado para ela. Lucinda viu também outro
sujo em cima da pia, indicando que ele já tinha comido. Não tinha vontade nenhuma de comer, mas resolveu fazer sua refeição
rapidamente em pé, pegou as vasilhas sujas e se dirigiu para a pia
para lavá-las. Não havia nenhum artigo de limpeza, então foi ao
banheiro apanhar seu sabão, pegou sua calcinha rasgada, tirou o

pedaço maior que era o da parte de trás e com isso lavou tudo enquanto pensava em fugir dali; assim que tivesse oportunidade, iria procurar uma bucha no mato para melhor dar conta da louça.

Capítulo XXXII

A piscina

Acocorado no terraço, Agenor fumava um cigarro feito de palha de milho e fumo de corda. Com o rabo do olho, Lucinda podia vê-lo fumaçar enquanto terminava a arrumação da cozinha e ia imaginando um meio de fugir dali.

O cavalo estava no pasto, teria que pegá-lo e para isso precisaria de um pedaço de corda que procuraria no escuro, assim que o moço adormecesse. O caminho ela não sabia direito, mas tentaria achar pelo rumo a casa de sua mãe. Iria cavalgando a pelo e o rapaz, sem montaria, não a alcançaria até que ela estivesse em segurança.

— Vamos ver o "carneiro" para não faltar água.

Lucinda não entendeu absolutamente nada. Não sabia que ali criavam carneiros nem o que tinha a ver o carneiro com a água, mas foi assim mesmo, temerosa de despertar a ira do marido. Seu coração se acelerou novamente, pois não sabia o que ainda teria que encarar naquele dia. Quando não tinha mais como prolongar a arrumação, enxugou as mãos devagar sendo observada de soslaio pelo moço.

Saiu devagar, e mal atravessou o umbral da porta já teve que caminhar rapidamente, pois Agenor a tinha precedido e estava a uns dez metros de distância quando olhou para trás e esperou que ela o alcançasse, num trotinho titubeante. Seguiram pelo pasto por uns vinte minutos, a moça sempre um passo atrás, sem trocar palavra, até que encontraram uma vereda. Lucinda vinha escutando o barulho da água havia já algum tempo. Assim que entraram na mata, foi escurecendo e refrescando. O sol quase não penetrava ali. Finalmente, viu dentro de uma pequena represa o que estavam procurando: o tal "carneiro", uma bombinha mecânica que através de um cano levava água para a casa. Depois de examinar e afastar algumas folhas secas da entrada do artefato, Agenor continuou a pequena caminhada dentro da mata.

O som de água caindo tornou-se cada vez mais forte. De repente, uma clareira se abriu e ela pôde ver uma queda d'água em degraus, de uns três metros de altura, formando uma piscina natural. Era muito bonito, mas estava tensa demais para que apreciasse descansada. Uma linda borboleta azulão cintilante flutuava ao sabor do vento; arremessada de leve pela bruma levantada na queda da água, atravessou todo o espaço de uns vinte metros até a outra margem e pousou no meio do que parecia um canteiro de flores amarelas, mais borboletas, que alçaram voo em seguida. Era tudo tão perfeito!

Um galho de árvore, coberto de orquídeas em tons de rosa, atravessava quase toda a extensão da piscina na direção da margem oposta. O ambiente não poderia ser mais favorável a essas flores delicadas: tinha calor, sombreamento e vapor d'água. O galho florido lembrava a situação parecida quando o noivo a tinha abraçado pela primeira vez em sua casa, à sombra do jequitibá.

Enquanto Lucinda tirava seu chinelo e procurava uma pedra achatada dentro da água onde pudesse pisar com segurança, Agenor começou a escalar a parede lateral da cachoeira. A água fresca convidava para um banho, mas ela não se atreveria. Lá do alto da cachoeira, Agenor gritou:

— Pode entrar que não é fundo.

Lucinda escondeu um sorriso, misto de vergonha e traquinagem. O sol arrancava faíscas prateadas da água e aquecia sua pele. A menina que existia nela aflorou, nunca deixava de aproveitar um bom banho de rio. A vontade foi maior que o receio e devagar foi entrando na água, a saia estufando como um balão cheio de ar. Ela adorava puxar o tecido e escutar o barulhinho que o ar fazia, ao passar pela trama do pano e esguichar gotículas de água; se distraiu e não viu quando Agenor desceu. Um jato de água alcançou sua cabeça e a surpreendeu.

Quando se voltou, surpresa, viu o sorriso aberto do marido e a gargalhada alegre de quem tinha feito uma arte. Num ato reflexo, armou a mão em concha e revidou, jogando uma cortina de água no rapaz acocorado. Tantas vezes tinha feito o mesmo com seus irmãos... mas o sorriso dele se apagou e de um salto ele foi tirando a camisa e se atirando de cabeça na direção dela.

PAVOR. Foi o que Lucinda sentiu quando o homem a agarrou pelas pernas, a desequilibrou e a puxou para o fundo. Foi só um instante. Logo os braços fortes do rapaz a estavam amparando, trazendo-a de volta à tona, mas nesse tempo toda a sua curta existência passou por sua mente. Enquanto ela tossia para se livrar da água em sua garganta, os olhos esbugalhados de medo, ele a olhava atônito: não imaginara que sua brincadeira a assustaria tanto. Segurava a mocinha pelos braços, delicadamente, como quem segurasse um passarinho com pressão suficiente para que não voasse. Lucinda foi se recompondo aos poucos, respirando fundo para acalmar o coração que pinoteava em seu peito. O marido a olhava fundo nos olhos procurando entendimento e perdão por tudo.

Estava enternecido, pois tomara consciência da menina delicada e muito querida que tinha ali, percebera enfim uma criatura que ele, um homem forte, devia proteger. Ela percebeu que ele não a tinha maltratado conscientemente. Era seu jeito. Por trás daquela rudeza havia um coração terno, um homem meio estabanado, mas que gostava dela. Naquele instante aconteceu verdadeiramente o casamento dos dois.

Os olhares de ambos não conseguiam se despregar, tão concentrados estavam em examinar de perto todos os laivos de castanho e dourado nos olhos dele e de verde claro e escuro nos dela. Foi sem sentir. Foi sem pretender, mas lentamente, como se fora um pedacinho de eternidade, os dois palmos de distância que os separavam foram diminuindo num querendo não querendo se encontrar, sem deixar escapar a visão dos olhos um do outro. Os lábios se tocaram de leve, as bocas sem se mover, foi só um roçar. Afastaram-se um tiquinho, só para se olhar nos olhos outra vez e novamente se encontrar, desta vez para ficar.

Era por aquele momento que Lucinda tinha ansiado por tanto tempo. Era esse o noivo que a tinha tocado de leve em seu breve encontro, em outro tempo e outro riacho. Os braços dela foram se erguendo devagar em direção ao pescoço sardento de Agenor e ali se trançaram, como apoio e carinho. Seus pés não alcançavam o fundo. Agenor, por sua vez, enlaçou-a pela cinturinha dando toda a segurança de que ela precisava. Beijaram-se longamente, muito, de leve, apertado, parados, depressa, movimentando os lábios devagar, enfim, se fartaram, até que Lucinda começou a tremer de frio. Então, ainda sem trocar uma palavra, Agenor a levou para a margem onde ela pôde colocar os pezinhos em segurança, amparando-a até o final.

Ainda atordoada com tantas emoções, Lucinda saiu da água deixando o marido extasiado, olhando pela primeira vez todos os contornos de seu corpo e o vestido transparente pregado nele. Os seios estavam com os bicos muito rijos, arroxeados pelo frio, e se destacavam de encontro ao tecido claro. A calcinha camuflava um pouco o vão entre as nádegas firmes. As coxas fortes, de tanto subir ribanceiras, arredondavam a frente da saia. Na beirada da piscina, a moça apertava os cabelos para se livrar da água. Parecia ignorante da impressão que causava ao rapaz. Estaria?

Capítulo XXXIII

Vingança e castigo

Dona Gi não conseguia tirar da cabeça a ousadia daquela gata atrevida mais sua companheira de cozinha. O ódio que ela sentia não a deixava raciocinar. Sabia que iria explodir se não concretizasse sua vingança. Passaram-se vários dias sem que ela arredasse pé de sua casa. A filha de criação era quem se encarregava de ir às compras e ao trabalho; todas as tardes chegava cansada, mas ainda assim procurava conversa com a madrasta. Dona Gi não se manifestava. As novidades da cidade não pareciam surtir efeito nenhum na mulher amarga, até que um dia, distraída, Juselda tocou no nome de dona Lurdes. Dona Gi não se virou e aparentemente não esboçou nenhuma reação; apenas quem a estivesse encarando poderia ter visto com horror o ódio personificado, os olhos injetados, a boca apertada e o tremor na pálpebra esquerda. Começou a prestar atenção na arenga da moça:

— ...vai ter pelo menos quatro leitões, ouvi dizer que até o prefeito vai estar lá. A casa de dona Lurdes está sempre cheia, principalmente na hora das refeições. Eita! Aquilo é que é fartura. Juliana com certeza estará também.

Quando se deu conta de ter pronunciado o nome do desafeto da madrasta, Juselda quis mudar de assunto rapidamente, mas ficou meio sem jeito. Não era muito rápida de raciocínio. Ao perceber a intenção da moça, dona Gi se virou na direção dela, agarrou seu braço e pôs-se a vociferar.

— Pode ir falando tudinho, sua sonsa. Que festa vai ser esta e quando?

— Sei não, madrinha, só escutei de passagem.

— Pois amanhã você não me venha pra casa sem se inteirar da história completa.

— Esqueça essas duas, madrinha. Não paga a pena se apoquentar por causa do ocorrido.

— Feche essa matraca que você não sabe de nada, só me obedeça.

Na tarde seguinte, Juselda entrou caladinha na esperança de a bruaca ter se esquecido da ordem dada, mas assim que abriu a porta da casa, lá estava dona Gi bem na sua frente, cobrando com o olhar a informação que estava esperando.

— "Bença", madrinha!

— "Bença", nada, vai desembuchando.

— Madrinha, perguntei lá na escola, mas as professoras não quiseram falar muito comigo. Já sabem que a senhora está querendo aprontar alguma coisa, e como dona Juliana é muito querida delas, ensinou elas a bordar e tudo, só consegui mesmo informação com o porteiro.

— Fala logo! — já foi ordenando aos berros, impaciente, a dona Gi

— Ele disse que o prefeito vai receber o novo juiz da comarca que foi indicado por estes dias e dona Lurdes é que vai fazer o almoço. Como sempre, todas as pessoas importantes se reúnem para comer.

— Quando vai ser?

— Amanhã mesmo, mas, madrinha, se acalme e esqueça. A senhora vai se aborrecer, está lidando com gente mais importante que nós.

No mesmo instante, dona Gi começou a maquinar sua vingança. Sairia na mata depois de escurecer, em busca de algum veneno que tencionava adicionar ao tempero muito apimentado que a quituteira usava em todas as suas receitas, e que não ensinava a ninguém. Com certeza ninguém comentaria a diferença de gosto, pois os forasteiros não conheciam a culinária local e muito menos a dona Lurdes, que não iria causar tumulto no meio do almoço. A noite estava muito escura. Era lua nova, não se podia enxergar absolutamente nada, somente o breu. A velha era muito medrosa, tremia só de pensar na abundância de cobras que estariam pululando por seu caminho naquela hora, levaria a lanterna que não usava nunca para economizar pilhas, esta era uma ocasião especial, valia o gasto, havia anos que não tinha necessidade de trocá-las.

Assim que escutou Juselda terminar suas orações — nas quais pedia a Deus por todos os entes queridos e, em especial, por ela —, começou a se preparar. Já tinha deixado a janela do quarto aberta para não fazer barulho, iria pular por ela com a ajuda de um banquinho já providenciado para este fim. Logo em seguida escutou o ressonar da moça, morta de cansaço e de consciência pura como a de uma criança. Pegou sua lanterna, e com uma agilidade inesperada para uma pessoa de sua idade, saltou rapidamente e saiu, cautelosa a princípio, para não fazer barulho, e apertando o passo em seguida. O terreiro estava limpo de qualquer folha seca, portanto nada se ouviu. A enteada tinha o sono muito leve, mas nem chegou a mudar a cadência de sua respiração.

Dona Gi logo alcançou a mata e saiu em disparada, pois sabia onde encontrar um pé de erva café. Se não estivesse com tanta raiva, apanharia cagaita mesmo, pois causaria uma bela diarreia em todos os convidados de sua inimiga. Não seria a primeira vez que se utilizaria deste recurso, já tinha infernizado a vida de uns quantos que quase haviam colocado os bofes para fora em razão do laxante natural. Pelo menos por uma hora teria que caminhar mata adentro. A planta que procurava só era encontrada bem no topo da serra, próximo de um grotão de nascente. Não era perigoso, pois pelo menos uns 30 metros separavam a planta do despenhadeiro.

Trotava com a alma inquieta, tantos os sentimentos que se misturavam no cadinho de seu peito. Tinha muito medo dos animais rastejantes, especialmente cobras, vergonha por ter passado vexame tão grande diante de toda a cidade, raiva das pessoas que a tinham colocado naquela situação, compaixão por sua enteada — que certamente sofreria juntamente com ela as consequências desse ato —, mas, acima de tudo, a insana satisfação da vingança.

Mal sentira o tempo passar quando sua lanterna falhou. Ao se encontrar no escuro, retornou abruptamente à realidade; chacoalhou um pouco o aparato e este voltou a funcionar. Agora faltava pouco. Calculava que já tinha avançado por uns três quartos de hora; já, já, estaria junto ao arbusto de erva café. Havia tentado anteriormente tirar uma muda para replantar perto de casa, mas o solo não era apropriado e a planta fenecera em dois dias. Caminhou mais alguns instantes e a luz se foi novamente, desta vez para sempre. Nada se via, mas tudo se ouvia. O pânico se instalou no peito da velha mulher.

A prudência pedia que ela se acomodasse num lugar alto e esperasse o alvorecer, mas o ódio venceu. Colheria o veneno, sim, e voltaria a tempo de entrar na cozinha de dona Lurdes ainda durante a noite. Avançava a passos incertos, estendendo as mãos para evitar se chocar com as plantas, e logo encontrou o que queria. Rapidamente apanhou alguns ramos da erva e girou nos calcanhares. Não percebeu que um dos galhos arrastara consigo uma corda de cipó que a fez tropeçar. Foi quando escutou o que mais temia: o guizo da cascavel. Deveria ficar imóvel para que a serpente se afastasse, mas não teve como. E apesar de todo esforço em contrário, caiu. No meio da queda já sentiu o baque no meio do peito; a julgar pela pancada do bote, a cobra deveria ser muito grande. Dona Gi caiu bem em cima do monstro.

Quando atingiu o chão, ainda sentiu mais duas picadas na garganta, pois caíra bem em cima do monstro. A paz invadiu seu coração. Agora nada mais seria sujo. Nunca mais lutaria pela existência, nunca mais teria que sentir raiva. Era só esperar que o tempo se encarregasse do resto, mas, e se demorasse? E se Juselda fosse procurá-la e a encontrasse a tempo de socorrê-la? Não! Assim não haveria de ser!

Já começava a sentir os primeiros efeitos da peçonha em seu corpo. Levantou-se determinada e seguiu na direção do marulhinho do riacho. Sentiu quando seus pés se molharam na água fria da serra e deu os passos que faltavam para atingir a borda do penhasco. Ali, de pé, os braços abertos e o vento em sua cara, ninguém se daria ao trabalho de procurá-la. Lembrou-se de Ju, a única que choraria sua ausência.

Capitulo XXXIV

Cláudia e Fernando

Lucinda e Agenor estavam ressabiados. Os novos proprietários chegariam no dia seguinte para conhecer a fazenda e fazer os primeiros contatos com seus novos empregados. Este seria o primeiro contato da caseira com sua nova patroa e ela não sabia de que maneira se comportar.

Cláudia já sabia da gravidez precoce da moça e começou a preparar a viagem justamente com presentes para o bebê que chegaria em breve. Desta vez levariam os filhos, que estavam assanhadíssimos. Prepararam roupas que ficariam muito bem em filmes de caubói. Ainda não sabiam andar a cavalo e era esse o tema da conversa entre eles. Sairiam de São Paulo de carro, muito cedo, passariam rapidamente por Brasília para que os meninos conhecessem a capital e dormiriam em Formosa, para chegar à fazenda ainda pela manhã, pois assim haveria tempo suficiente para algum imprevisto. A data escolhida foi o finalzinho de junho, para aproveitar as férias. Ficariam apenas uma semana, mas carregavam tralha para um ano. Muitas coisas como doações para a fazenda e outras, que não seriam mais aproveitadas em sua casa, mas teriam serventia naquele lugar onde Judas perdeu as botas.

Cláudia se recordou da primeira vez em que fora para o cerrado, também supercarregada, mas desta vez a perua muito antiga, toda vermelha e mais parecendo um carro de bombeiros, seria capaz de suportar a carga; e seria um pesadelo, como constataram chegando à estrada de terra. Em junho está tudo muito seco e a poeira fininha. Acontece que a tal perua tinha um furo bem em cima da roda traseira, que só foi encontrado na volta para a cidade e injetava, literalmente, muita poeira dentro da cabine. Não se percebia exatamente de onde vinha aquela nuvem de pó porque por cima do furo estava toda a carga, que o encobria. O carro era muito barulhento, o rádio quebrado sendo a única coisa que não emitia nenhum som.

Acertaram o caminho logo de cara e chegaram à sede no meio da manhã, tendo tomado um café reforçado no hotel. Os meninos, logo depois de abrir o colchete — um tipo de portão feito de arame —, já saíram correndo atrás de uma vaquinha com seu bezerro. Aos berros, o pai advertia que o animal ficava muito agressivo quando tinha cria nova — o gado nelore, de maneira geral, é mesmo muito nervoso em qualquer ocasião —, que podia ter cobra no pasto, etc. Voltaram desapontados, fazendo um milhão de perguntas.

Logo à chegada, Cláudia já começou a ficar descorçoada. Teria que enfrentar na cozinha aquele dragão cuspidor de fogo somente com panelas e frigideiras, e precisava começar logo, antevendo muitas dificuldades: conhecia seu pessoalzinho, num instante a estariam rodeando e pedindo comida. Tinha certa esperança de que a caseira viesse ajudá-la, ao menos para orientá-la um pouco nos assuntos do fogão a lenha, mas nem viu sombra dos empregados durante o dia todo. Fernando foi procurá-los em casa. Foi informado por Lucinda de que o marido estava no pasto e para lá se dirigiu de carro com a prole, deixando a mulher entregue à própria sorte, começando um árduo aprendizado de culinária de interior pelo método ou-vai-ou-racha.

A família esfaimada voltou muito mais cedo do que Cláudia esperava. Ainda não tinha nem tido tempo de queimar o arroz, coisa que providenciou em seguida. O resto até ficou mais ou menos, já que havia optado pelo mais simples: fritar um bife para cada um. O pior problema, limpar a chapa de ferro do fogão, ficaria para mais tarde. Pensaria nisso depois, uma coisa de cada vez.

Quando o dia finalmente terminou, tendo acabado com a energia de todos, o casal de caseiros chegou para uma visita inoportuna. Entraram silenciosamente, sentaram-se no sofá, pegaram alguns gibis da garotada que já tinha ido para a cama e se puseram a ler, sem ao menos perceber que os donos da casa estavam bocejando sem parar, caindo de sono. Lucinda mais parecia uma menina, com uma barriga protuberante. Tinha engordado muito pouco e nem parecia que faltava apenas um mês para o nenê nascer. Se ficou contente com os presentes, não demonstrou muito; apenas murmurou um "brigada" por entre os dentes. Cláudia aconselhou-a a ir logo para a casa da mãe, para não correr o risco de não ter ajuda na hora do parto: ficava horrorizada só de pensar que poderia se repetir o que ocorrera em sua primeira visita à fazenda próxima, e desta vez haveria o agravante de ser a primeira gestação e a moça ainda muito novinha.

A semana correu rapidamente e a família visitou grande parte da propriedade a cavalo. Ninguém mais conseguia se sentar direito, estavam todos com assaduras, mas no dia seguinte já estavam prontos para novas cavalgadas pela serra íngreme e perigosa.

À noite, acendiam sempre uma fogueirinha ao ar livre, às vezes com alguns vizinhos, e ficavam conversando sobre as novidades, trocando conhecimentos, contando novas histórias sobre bichos e plantas diferentes. Os meninos ficavam com os olhos arregalados, e antes de apagar o lampião faziam no quarto um exame minucioso, para ver se havia aranhas ou cobras escondidas.

O ponto alto da viagem, ao menos na opinião dos garotos, foi justamente na véspera da partida, quando foram acordados ainda muito cedo com batidas na janela: era Agenor chamando o patrão. Levantaram-se assustados e ficaram sabendo que um peão da fazenda vizinha tinha se acidentado e precisava de auxílio. O casal se vestiu rapidamente para ajudar no que preciso fosse e se inteirou da história: o rapaz tinha ido buscar uma vaca no pasto para tirar o leite. Estava a cavalo quando viu de longe um tatu. Esporeou o animal e foi ao seu encalço, pois a carne do pobre bichinho é muito apreciada. Apeou da montaria num salto, bem a tempo de agarrar pelo rabo a presa que tentava se esconder. O peão, seguindo as recomendações do patrão, calçava botas para evitar picadas de cobra, abundantes nessa época do ano, mas quando enfiou a mão na boca da toca do tatu levou uma picada e trouxe com ela, agarrada pelos dentes, uma jararaca. No próprio cavalo foi a galope até a casa do capataz, que o levou de carro até a fazenda vizinha na esperança de obter ajuda dos paulistas. Estes por sua vez, muito cautelosos, haviam levado soro antiofídico e pretendiam aplicá-lo no rapaz quando se depararam com um problema: não tinham levado álcool para desinfetar. A mão e o braço do rapaz estavam imundos, mas não houve meios de convencê-lo a se lavar, pois segundo um tabu do lugar, não se pode lavar picada de cobra. Sem saber o que fazer, Cláudia se lembrou de que tinha consigo água de colônia e com ela limpou como pôde os lugares onde aplicaria as injeções, que segundo a bula deveriam ser aplicadas em alguns pontos a partir da picada e a cada determinado espaço. Ela nunca tinha visto em uma pessoa um olhar tão aterrorizado, uma face tão lívida de medo. Esses homens enfrentam muitos perigos e são realmente valentes, mas no que diz respeito às cobras se apavoram, e ele tinha certeza de que morreria em alguns instantes.

Logo após os primeiros socorros, trataram de mandá-lo o mais rápido possível para a cidade, onde foi medicado. No dia seguinte já estava de volta, com um sorriso luminoso, para agradecer aos vizinhos por sua rápida intervenção. Alguns anos mais tarde, conversando a respeito de algum assunto sobre a fazenda vizinha, Agenor mencionou um tal "Cheiroso". Rindo muito com o apelido, foram informados de que se tratava do rapaz que tinham socorrido. A alcunha acabaria por acompanhá-lo pelo resto da vida.

A semana se passou sem muito contato com os caseiros, que depois da primeira noite não apareceram mais na casa da sede, embora tenha havido uma empatia desde o primeiro instante. No dia da partida, Cláudia se despediu de Lucinda ainda sem saber que estava deixando para trás aquela que seria uma amiga muito querida de toda a vida.

Capítulo XXXV

Enfim

Mafalda acordou no meio da madrugada, os barulhos da mata ainda de noite fechada: grilos, sapos e nenhum passarinho, nem sequer o galinho garnisé. Acordou chorando, ao ouvir sua própria voz soluçando "me ajuda, meu Deus!", tão nítido havia sido o choro do bebê, um choro de recém-nascido. Ainda meio atordoada, olhou para o lado de sua cama na esperança de ali encontrar o autor do vagido, na esperança de que na verdade fosse sua bonequinha. Ainda gemeu baixinho o nome de Renatinha.

A realidade desceu pesada sobre ela, que ainda permaneceu deitada por longo tempo, pensando. Alguma coisa foi se avolumando dentro de seu peito, uma ansiedade de sair correndo pela mata e foi o que ela fez. Rapidamente se vestiu, colocou seu inseparável chapéu de palha e seu sapato de longas caminhadas, a pedra de cristal pendurada na corrente e se preparou para subir a serra. A cachorrinha ressonava alto: com o passar dos anos passara a roncar.

Mafalda se movia com tanta leveza e graça que o barulhinho do ronco nem chegou a se alterar; saiu de casa e sua companheirinha nem se deu conta. Já tinha caminhado uns bons cem metros quando um pressentimento a fez voltar para pegar um certo objeto. Quando pensava no que estava fazendo, balançava a cabeça em reprimenda a si própria, mas nem por isso deixou de apressar o passo com o pacotinho debaixo do braço. A ansiedade fez com que a gorduchinha começasse a correr, mas por pouco tempo, pois o fôlego começou a faltar imediatamente; conformou-se em voltar a caminhar com passos curtos, mas apressados.

Ao chegar ao sopé da montanha ainda estava escuro, mas no horizonte já se podia vislumbrar um alvor. Ia olhando o céu e passando a ponta dos dedinhos rechonchudos nas folhas dos arbustos, para sentir a umidade. Aos poucos, o movimento e um ronco no estômago a lembraram de que não havia nem bebido sua água e muito menos tomado seu café da manhã. Quanto à sede, não haveria maiores problemas, pois poderia ir saciando no caminho conforme fosse encontrando as bocas-de-sapo, arbustos que guardam nos vãos de suas folhas bastante líquido das chuvas: era só virar a folha de ponta-cabeça e lá vinha o suficiente para uns dois bons goles. O café com biscoito ficaria para mais tarde, não voltaria à casa tão cedo.

Cortando caminho pelo cerrado, deu de cara com um lobo-guará que devia estar voltando de sua caçada noturna. Ainda se podia ver as penas brancas, presas ao sangue coagulado ao redor do focinho. Miraram-se por alguns instantes, e de comum e tácito acordo se afastaram sem maiores delongas. Um sorriso de satisfação assomou por entre as bochechas carnudas da mulherzinha. Nem sabia por que estava sorrindo. Seria pelo encontro com a fera? Não, o motivo era outro. Em pouco tempo suas premonições se confirmariam, tinha certeza, mas nem queria pensar para não se machucar mais ainda com a desilusão.

O alvorecer prometia um lindo dia. Tudo era favorável, havia sido preparado por tanto tempo, o encontro e o casamento planejados por ela, tinha que dar certo. Não fazia muito tinha estado na fazenda vizinha numa situação muito semelhante, mas tudo terminara muito mal; ainda se lembrava da dor que sentira, sentada na pedra, ao constatar que a criança nascida naquele dia não era a que estava procurando. Angustiada, temerosa de uma nova decepção, até encurtou o passo. Segurava a pedra de cristal, podia senti-la pulsando dentro de sua mão, o brilho que dela emanava, dando-lhe a certeza desta vez.

Talvez a demora que ela estava causando de propósito fosse apenas para antegozar o momento tão ansiosamente aguardado. Dava tratos à bola para decidir como se aproximar da casa e do bebê sem ser notada. Resolveu, finalmente, deixar ao acaso. Era meio fatalista: "o que tem que ser tem força". Era seu jeito de encarar as coisas. Não trazia nenhum presente, haveria tempo para isso. No caminho ia colhendo flores para levar para a mãezinha.

Já podia ver a casinha agora, quase laranja, tingida pelo sol do alvorecer. Viu também quando Agenor se dirigiu com um balde para o curral, onde iria certamente tirar o leite gordo da vaquinha Jersey, trocada recentemente por um burro de estimação: neste momento, sua mulherzinha e o bebê eram sua prioridade. Caminhava em seu passo decidido, com um meio sorriso na boca ressecada pelo sol e pela secura do mês de julho, dia 16 para ser mais exato. Não poderia esquecer a data na hora do registro.

A noite havia sido agitada, mas tudo transcorrera muito bem. A cada dia que se passava mais e mais admirava a menina-mulher com quem tinha se casado: que coragem, que força, que vigor havia naquele corpinho ainda meio que saindo da puberdade... Carregara a barriga intumescida por uns quatro meses, pois nos primeiros tempos de gestação quase não se podia perceber que ali naquele ventre estava crescendo mais uma criatura divina.

Depois de amarrar as patas traseiras da vaquinha juntamente com o bezerro ao pé, Agenor se sentou no banquinho de um pé só afivelado na sua cintura, com o balde preso entre os joelhos; começou a apertar as tetas, fazendo jorrar o leite abundante e formando muita espuma. O queijo feito mais tarde ficaria delicioso. Olhava o bezerro ao seu lado e começava a vê-lo de outra maneira, fazendo uma comparação com o seu bebê, nascido naquela madrugada. O animal, assim que nascia, já era ágil e forte, enquanto o bebezinho era de uma fragilidade que dava dó. Tinha sido tudo muito rápido. Estava dormindo quando foi despertado pela agitação de sua mulher.

— O que tá acontecendo?

— Acho que já chegou a hora — respondeu a mocinha, com os olhos assustados.

— Mas ainda não é tempo — disse o rapaz, agora bem desperto.

Já haviam planejado ir para a casa de dona Luzia dali a uns quinze dias, pois além de Lucinda estar junto à mãe, estariam também a poucas casas da parteira que ajudaria no nascimento da criança. Mas as coisas não saíram bem como o planejado e o bebê resolveu chegar antes.

Muito acostumados com centenas de partos do gado pelo campo, estavam mais ou menos tranquilos, sem saber que o preço a pagar por andar em duas pernas é cobrado das parturientes humanas, que sempre têm suas crias com mais dificuldades. Ponderaram por algum tempo se deveriam seguir para a vila imediatamente ou esperar pelo alvorecer. Optaram pela última alternativa. Levantaram-se, acenderam uma vela e começaram a preparar as coisas para sair assim que clareasse. Conforme Lucinda se movimentava, sentia a barriga comprimir-se e um pouco de dor nas ancas; observada de perto pelo marido, que nada dizia, parava por um momento para esperar que o desconforto melhorasse.

Finalmente, Agenor foi atrelar o cavalo à carroça que os transportaria. Já estava quase terminando quando escutou um grito e um barulho surdo. Correu para casa e encontrou a mulher no chão, pálida, os olhos fechados, muito quieta. Desesperado, olhou para cima e implorou:

— Me ajuda, meu Deus!

Capítulo XXXVI

Finalmente em paz

Claudete não fez nenhum escarcéu no final da tarde, como era seu costume. Quando a costureira mais antiga bateu na porta para avisar que já estava saindo, ouviu uma voz sossegada dizendo que ela já podia ir. Ficou sentada em sua mesa de trabalho por horas, mas não estava angustiada. Já perdera a noção do tempo quando abriu seu terceiro maço de cigarros do dia, em movimentos muito metódicos: primeiro puxou a fitinha dourada pela volta toda e retirou o celofane da parte de cima, fazendo um lacinho com a tira. Pegou o furador de papel e fez dois furos bem próximos, passou por eles as fitas soltas e amarrou o laço bem no canto superior direito da folha. Depois pegou o pedaço de carvão e criou coragem para se olhar no espelho.

A cena que ali viu refletida era a mesma de sempre, mas nesse dia alguma coisa estava diferente. No primeiro traço sentiu uma angústia, mas foi somente uma fração de segundo. Desconfiada, continuou o desenho formando uma linha de pescoço e um braço; pacientemente, continuou riscando o papel com uma segurança que há muitos anos não sentia. Ia desenhando harmoniosamente o que no final seria sua melhor obra.

Não esqueceu nenhum detalhe. Passou horas naquele trabalho. A cada pingo no papel podia ver a correspondência com um canutilho ou gota de cristal. Imaginou um vestido de gala cor de seda crua, quase branco. O rosto que desenhou, muito ao contrário do que costumava, era angelical, uma menina adolescente em sua festa de quinze anos, muito feliz. Estavam ali os brincos de brilhantes pendentes das orelhas pequeninas, muito proporcionais, no tamanho certo para permitir um fio no pescoço com uma pedra no mesmo formato, mas em tamanho um pouco maior. No corpo delgado, uma cintura bem marcada e o corpete todo estruturado de barbatanas, bordado delicadamente, moldavam a silhueta formando um conjunto rico. Os ombros fortes eram valorizados por um decote tipo princesa, com apanhados de organza de seda e um bordado que imaginava de pérolas com cristal, muito delicado, parte em franja diminuta na curva do ombro. A saia, muito farta, franzida na altura dos quadris, ela vislumbrava forrada por três camadas da mesma seda, tendo aqui e ali uns brilhos que somente apareceriam, sob os refletores, conforme a menina caminhasse lentamente. Até os sapatos, forrados do mesmo tecido, teriam uma aplicação de bordado nas laterais externas. Imaginava os sapatinhos se sucedendo para fora da saia a cada passo, a saia flutuando em câmera lenta como só a seda pura faz.

Pensou em colocar uma pequena coroa encimando a cabeça, mas mudou de ideia. Somente os cabelos muito bem penteados ornariam o rosto oval, que estaria luminoso, com uma maquiagem muito leve. Não queria que o desenho ficasse pronto. Poderia ficar ali por dias e noites intermináveis, desfrutando daquela paz; entretanto, olhou a folha e viu que finalmente já nada havia a ser feito, então assinou seu nome e logo abaixo do lacinho à direita escreveu: "Para Renatinha, no seu aniversário de quinze anos."

Levantou-se, pegou a tesoura e foi buscar uma amostra dos tecidos que usaria na peça. A madrugada ia alta, conforme notou quando de passagem olhou pela fresta da janela. Depois seus olhos pousaram no relógio digital e ali viu a data: teria sido a festa de debutante da mocinha. Tentou, mas não conseguiu desviar o olhar do espelho, onde a cena continuava a mesma: a menina caída ao lado dos botões. A dor começou a tomar conta. Pegou a folha de papel recém-desenhada, levou até o espelho e ofereceu à imagem.

— Olhe aqui o que sua madrinha fez para você. Saia daí e venha pegar — convidou, a voz já alterada. — Saia!... Saia!...

Virou-se de costas quase desistindo, mas deu meia volta, ergueu a tesoura acima da cabeça e desferiu no espelho um golpe potente, que o estilhaçou prontamente enquanto ela gritava, descontrolada:

— Pronto, minha menina, já pode sair!

Enquanto continuava a bater no espelho os estilhaços voavam pela sala, ferindo-a na face, no colo e no pescoço. Podia ver nos cacos o próprio rosto, completamente ensanguentado. A tesoura continuava o seu trabalho e com a violência partiu-se em duas, restando somente um dos lados na mão da pobre alucinada. Com as duas mãos dirigiu o golpe na direção do peito e do pescoço da imagem fragmentada; depois virou ao contrário e passou o fio com precisão pelo próprio pescoço. Olhou para cima e suplicou:

— Me ajuda, meu Deus!

Antes de perder a consciência ainda ouviu a canção da caixinha de música em forma de radinho.

Capítulo XXXVII

A busca de Mafalda

O sorriso de Agenor a levou a se lembrar de seu "ex". Bruno ainda vivia em seus sonhos. Hoje sabia que o marido estava recuperado e havia muitos anos se casara novamente, tendo essa união gerado uma prole de quatro crianças. Ficara sabendo, em meio às andanças pelo mundo, que o rapaz quase enlouquecera de tristeza quando ela foi embora. Mafalda se culpava por tê-lo deixado em um momento tão angustiante, mas não tinha capacidade nem para superar a própria dor, quanto mais ajudar alguém. Decidira que o melhor a fazer, para que os dois não perdessem a razão, seria se afastar. Tinha consciência de que, com o tempo, o rapaz refaria sua vida. Ela, entretanto, nunca mais voltaria a ser a pessoa que já fora.

Tinha se separado do marido havia já alguns meses e estava atordoada, sem perspectivas. Estava sozinha no saguão do aeroporto vendo a chegada e partida dos aviões, pois teria que esperar por um atraso de quase duas horas. Como chegara a decidir essa viagem ela nem se lembrava. Tinha, num curto espaço de tempo, perdido tudo aquilo que julgava ser a sustentação de sua vida: o trabalho, a melhor amiga, o marido e, acima de tudo, sua filha tão querida. Andava pela casa vazia como um zumbi, noite e dia. Queria sucumbir, abandonar a vida, mas esta resolvera se pregar nela com a cumplicidade dos pais e da irmã.

A última chamada para o voo com destino a Barcelona já tinha sido feita, então agarrou apressadamente sua bagagem de mão, que era tudo o que levava nessa viagem de uma vida, respirou fundo e entregou seu bilhete. Santiago de Compostela: esse seria seu próximo destino. Havia alguns anos ouvira de um amigo que ele tinha se encontrado ao fazer essa viagem. Na falta de outra ideia, resolveu sair em busca da resposta que nunca teria. Os pais e a irmã queriam acompanhá-la, para que tivesse pelo menos alguém com quem compartilhar os seus tormentos, mas ela negou. Foi categórica. Deveria sair sozinha do caos em que sua vida se transformara e mandaria notícias sempre que possível. Não faria nenhuma besteira.

A partir de Santiago de Compostela continuou viajando, visitando todos os lugares que as pessoas que encontrava pelo caminho iam lhe indicando. Conheceu as igrejas da Espanha, Itália, França e Portugal. Visitou templos budistas no Japão, na China, no Tibet e na Índia, foi a mesquitas muçulmanas no Oriente Médio e na África, era muito econômica, ficava em albergues para a juventude ou em casas de fiéis que se apressavam em oferecê-las, mas sempre podia contar com a ajuda do pai se por acaso seus rendimentos não fossem suficientes.

Nessa vida de andarilha permaneceu por quase um lustro. Quando decidiu que tinha esgotado todas as possibilidades, ainda sem entender as razões da morte prematura de sua filha, começou a sentir muitas saudades de seu país. Os pais e a irmã tinham ido encontrá-la algumas vezes, sempre que as condições eram favoráveis. Sua maninha tinha se transformado numa linda mulher. Já estava fazendo planos para o casamento e Mafalda fazia questão de costurar o vestido de noiva. Tudo foi conspirando para que ela voltasse.

Finalmente, quando a data do retorno chegou, não conseguiu um voo direto para São Paulo. Fez conexão em Brasília e no avião conheceu aquele com quem dividiria algum tempo em sua vida, um biólogo que também tinha feito o Caminho de Santiago e estava na Europa estudando técnicas de construção biologicamente corretas. O rapaz ficaria em Brasília e a convidou para passar algum tempo em sua companhia. Sem nem mesmo entender porque, ela aceitou. Não tinha se relacionado amorosamente com ninguém durante todos aqueles anos, porque justamente em sua volta isso estaria acontecendo? Mas já tinha aprendido que nem tudo tem respostas claras e que coincidências não existem. Tudo tem uma razão de ser, embora não sejamos aptos para saber.

Em Brasília, Mafalda ouviu falar de uma região próxima conhecida pelo esoterismo e foi até lá. Decidiu. Ali seria seu lar para sempre.

Capítulo XXXVII

A descoberta de Mafalda

Mafalda vinha caminhando suavemente e como de costume os cachorros não latiram, simplesmente se aproximaram, cheiraram e lamberam suas mãos. Deixou os sapatos do lado de fora para não levar poeira ou barro para dentro da casa, e de quebra evitar qualquer barulho. Entrou pela porta entreaberta e esperou, até que viu Lucinda passando a caminho do banheiro e, de relance, o fogão a lenha aceso pelo marido. Lucinda ia tomar um banho e em seguida pegaria água morna para limpar seu neném. Estava tão feliz! Nem deu pela presença da intrusa, que se sentia a própria fada madrinha vindo abençoar a recém-nascida.

Entrou de mansinho no quarto ainda na penumbra e dirigiu-se ao bercinho rústico que Agenor havia feito de pau redondo e palha de buriti. *As pessoas daqui não valorizam este trabalho, que colocado na vitrine de alguma loja de móveis na cidade teria com certeza grande valor* — ela pensou — *pela plasticidade e harmonia, mas principalmente por ser um trabalho artesanal.* Viu também um bichinho de pelúcia na cabeceira. Foi se aproximando, o coração aos pulos, nenhum ruído podia ser ouvido. O bebê dormia mansamente dentro do berço.

Mafalda viu finalmente o rostinho rosado, que no mesmo momento se iluminou com um raio de sol infiltrado pelo vão da janela. Ficou por alguns instantes olhando aquele milagre da natureza, tão em paz. Poderia ficar ali olhando o rostinho angelical pela eternidade, mas sabia que não teria muito tempo. Lucinda cantava baixinho no chuveiro e logo haveria de sair. Resolveu fazer de uma vez o que tinha vindo fazer.

Pegou o pacotinho embrulhado em papel pardo e barbante e começou a desembrulhar, procurando fazer o menor barulho possível. Enquanto o chuveiro estivesse aberto, nenhum ruído seria ouvido, portanto acelerou os movimentos. Finalmente o radinho quebrado surgiu do pacote e Mafalda o levou para dentro do berço. O bebê abriu os olhos e a mirou diretamente, abrindo a boca num bocejo seguido do que ela imaginou ser um sorriso. Em seguida a criança virou levemente o pescoço na direção do presente e aquela musiquinha infantil, que havia muitos anos ela não ouvia, começou a tocar, levando Mafalda às lágrimas, já nem se importava se seria descoberta ou não. Estendeu os braços e pegou o bebê no colo, embalou-o por alguns instantes e ao recolocá-lo no berço percebeu uma presença no quarto. Era Lucinda no umbral da porta.

Mafalda, que não estava acostumada a ver ou conversar com muita gente, já ia começar a se explicar, quando um grande sorriso surgiu no rosto da menina-mãe: reconhecera a fada que lhe dera o vestido que usava quando conheceu Agenor. Andou até onde Mafalda estava e viu de onde vinha a alegre canção.

O radinho tocava e se iluminava com luzes coloridas. Palavras não eram necessárias, as duas se entenderam somente com o olhar. Mafalda foi saindo devagar. De passagem, tocou de leve o rosto da menina. O dia estava radiante lá fora.

Esta obra foi composta em Minion 11/13,1.
Impressa com miolo em off set 90g e capa em cartão 250g,
por Createspace/ Amazon.